애도 수업

애도 수업

A Guide to
Helping Others
Through Tragedy
and Grief

캐시 피터슨 지음 | 윤득형 옮김

고난 당한 이에게 바른 위로가 되는 책

샘솟는
기쁨

위로의 언어, 행동하고 실천하기

인생을 살아가면서 이런 사람을 만나기가 쉽지 않습니다. 특별한 용기와 결단력으로 시련과 고통을 잘 이겨낸 사람, 캐시 피터슨은 그런 사람입니다. 그녀는 인생에서 가장 힘든 순간에 직면하면서, 하나님 능력에 힘입어 다른 사람을 돕는 사랑을 실천하였습니다.

우리는 어려운 상황에 처한 사람을 돕고자 하지만, 무엇을 해야 할지 무슨 말을 해야 할지 알지 못해 답답할 때가 있습니다. 그러다가 자신에게 시련이 닥치면 이런저런 필요한 것들을 말하지 않더라도 도와주면 좋겠다고 생각합니다.

저자 캐시 피터슨은 자신에게 닥친 처절한 고통과 상실을 이겨내면서, 이 같은 어려움에 처한 사람들을 돕고자 독창적이고 실제적인 방법들을 그녀의 통찰력으로 친절하게 안내합니다.

"만일 한 지체가 고통을 받으면 모든 지체가 함께 고통을 받고 한 지체가 영광을 얻으면 모든 지체가 함께 즐거워하느니라"_고린도전서 12:26

———

제르 윌슨Jere A. Wilson 목사
제일침례교회 담임, 핸더슨, 텍사스

목회자, 교회 직분자에게 꼭 필요한 책

목회를 하다 보면, 질병이나 사고로 사랑하는 사람을 잃은 교인을 만나고, 말기암 판정을 받은 교인을 심방해야 한다. 어떤 말씀을 전해야 할까? '삶의 희망'과 '죽음 준비'라는 현실적 필요 앞에 목회자의 무지와 무능을 자책하기도 한다. 죽음을 많이 접하는 목사이지만 위로의 말은 언제나 쉽지 않고, 더 큰 위로는 슬픔과 아픔의 현장에 함께 있어주는 것임을 느낀다.

말기암 환자의 가족, 사별한 가족에게 목회자의 할 일이 많지만 어떻게 해야 할지 고백하게 되는 것은 '사별 후 지속적인 돌봄'이다. 교회는 애도 과정의 교인에게 적극적인 관심을 가지고 돌봐야 한다. 고인의 신앙적 삶의 가치와 의미를 유가족과 함께 되새기면서 일주기 날을 기억해 주는 것도 좋다.

저자는 암 진단을 받은 남편을 돌보면서 겪었던 일을 통해 주변의 도움과 위로가 어떠해야 하는지를, 슬픔과 고통 중에 있을 때 실제적인 돌봄의 필요가 무엇인지를 안내한다. "필요한 것이 있으면 말하라"는 소극적인 자세보다 "필요한 것이 떠오르면 실천에 옮기라"는 것이다. 신앙공동체인 교회에서 서로서로 어떻게 돌볼 것인지, 슬픔을 겪는 교인에게 어떤 말이 상처가 되고, 어떤 위로가 위안이 되는지 가르친다.

이 책의 한 장 한 장마다 메시지가 분명하다. 나는 이 책을 목회자는 물론 교회 직분을 맡아 섬기는 리더들이 꼭 읽어야 할 필독서로 추천한다.

『애도 수업』을 번역한 윤득형 박사는 성장기에 아버지를 루게릭병으로 잃고 자신의 삶을 죽음학과 애도상담 분야의 발전을 위해 헌신하는 목사이며 학자다. 그의 필치로 번역되고 다듬어진 이 책이 슬픔 중에 있는 분에게 위로를, 돕는 분에게 지혜를 주리라고 믿는다.

고신일 목사
기둥교회 담임, 기감중부연회 31대 감독

애도 작업에 무관심한 사회를 위해

최근 한국 사회는 분노 감정에 시달리고 있다. 실은 분노가 아니라, 마음 깊숙이에 있는 슬픔과 상실감과 씨름하고 있는지도 모른다.

우리 주위에는 건강의 상실, 관계의 상실, 자존감이나 정체성 상실, 그리고 궁극적으로 생명의 상실 앞에서 두려워하는 수많은 사람들이 있다. 상실로 인해 겪게 되는 감정은 단순한 슬픔만이 아니라 좌절, 죄책감, 수치심 등을 포함한다. 이러한 감정이 때로는 분노로 표출되기도 하는 것이다.

그러기에 상실에는 애도의 과정이 필수이다. 일반적으로 사람들은 시간이 지나면 해결될 것이라고 이야기하지만, 시간이 지나도 표현되지 못한 감정은 내면에 자리잡고 있다가 언젠가는 다른 형태로 분출될 가능성이 높다.

『애도 수업』은 우리 사회에 우리 모두가 얼마나 애도 작업

에 무관심해 왔는지를 보여준다. 자신을 위한 애도 작업의
중요성뿐 아니라 사별한 사람을 돕기 위한 말과 행동이 때
론 상처가 되는 현실을 뚜렷이 보여준다.

그러기에 저자는 상실을 경험한 사람들을 어떻게 위로해
주어야 할지 알기 쉬운 필체로 친절히 안내하고 있다. 뜻하
지 않은 재난이나 사고, 말기암으로 인해 사랑하는 사람을
잃은 유가족들과, 우리 일상에서 애도를 필요로 하는 누구
든지 강력하게 일독을 권한다.

권수영 교수
연세대학교 연합신학대학원장, 한국상담진흥협회장

사랑의 도구, 위로의 통로

말기암 환자와 가족을 돌보는 호스피스 현장에서 30년 가까이 지도자로 교육자로 봉사자로 일해 온 나에게 이 책은 큰 감동이었고, 읽어 가면서 눈을 뗄 수 없었다. 좀 더 잘할 수 있었는데 하는 아쉬움이 교차하면서 더욱 공감할 수 있었다.

생명을 부여받은 이들에게 사랑하는 사람과의 사별은 고통과 슬픔을 경험하는 몹시 힘든 인생의 여정이다. 사별자는 물론 가족에게 이웃, 친구들, 애도 과정을 함께할 모든 이들은 준비된 동반자로서 돌봄의 자세가 필요하다. 그러나 무엇을 언제 어떻게 해야 할지 당황스러워서 선뜻 다가서지 못하고, 마음은 앞서는데 발걸음을 내딛지 못해 서성거린다. 이 책은 사별 애도자들에게 필요한 사랑의 돌봄에 대해 누구나 알기 쉽게 안내하고 있다. 지식이 아닌 경험의 지혜를 낱낱이 집필한 '호스피스 자원봉사자의 역할과 자세'에 대한 교과서라고 해도 과언이 아니다.

호스피스 종사자들은 물론, 누구나 겪을 수 있는 사별 애도자와 그 가족들의 돌봄에 대한 필독서로서 이 책을 추천한다.

신체적인 돌봄뿐만 아니라 마음을 만져주고, 자신감에 눈뜨게 하는『애도 수업』을 번역한 윤득형 박사님께 감사드리며, 소중한 이 책을 통해 많은 분들이 사랑의 도구가 되고, 위로의 통로가 되기를 바란다.

———

김양자 회장

각당복지재단 무지개호스피스 회장, 한국호스피스협회 학술이사

———

고통과 슬픔을 겪는 이에게

이 책은 클레어몬트신학대학원Claremont School of Theology
에서 공부하던 시절, 윌리엄 클레멘트William Clements 교수
님의 '슬픔치유를 위한 목회상담' 수업 때 읽었던 책이다. 교
수님은 매주 책 한 권을 지정하여 감상문을 쓰는 숙제를 내
주었다. 많은 과제와 토론으로 이루어지는 수업이기에 영어
가 모국어가 아닌 내게는 힘든 과정이었지만, 좋은 책들을
많이 접하고 애도상담을 배울 수 있었던 귀한 수업이었다.

나는 처음 이 책의 제목을 보고 긍정적인 의미로 이해하
였다. 원 제목은 '필요하거나 말하지 못한 다른 것들이 있으
면 전화해'이다. 얼핏 보면 어려운 상황에 처한 친구에게 필
요한 것이 있으면 말하라고 하면서, 마치 언제든지 달려올
것 같은 애정 어린 친구의 모습을 떠올리게 한다.

하지만 책을 읽으면서 그것은 나의 오해였다는 것을 금

방 알아차릴 수 있었다. 저자가 이 책에서 말하는 핵심은 마음에 품고 있는 것들을 바로 실천으로 옮기라는 것이다. 즉, "필요한 거 있으면 말해"라고 말하기보다는 어렵고 힘든 상황에 처해 있는 그 사람의 형편을 잘 듣다보면, 필요한 것이 무엇인지 떠오를 것이고, 그렇다면 말할 필요도 없이 그 필요한 것을 채워주라는 것이다.

"필요한 거 있으면 연락해"라는 말은 마치 "시간되면 언제 밥 한 번 같이 먹자"라는 말과 비슷하다. 즉, 날짜와 시간을 정하지 않은 채 던지는 성의 없는 식사 약속은 거의 성사되지 않는다. 정말 함께 식사를 하고 싶으면 그 자리에서 날짜와 시간을 잡아야 하듯이, 정말 도와주고 싶은 마음이 있다면 그것이 무엇인지 구체적으로 확인하고 행하는 것이 좋다.

최근에 친한 친구가 거의 죽을 뻔한 큰 사고로 인해 병원에 입원하였다. 중환자실에 있을 때부터 시작해서 병원을 두 차례 옮기기까지, 나는 일주일에 두 번씩 병원을 방문하여 친구의 심적, 영적 회복을 도왔다. 상태가 많이 좋아져 의사소통이 가능하게 되면서 문병하러 오는 사람들이 조금씩

늘어나기 시작했다.

어느 날 친구는 내가 올 때가 가장 마음이 편안하다고 말을 했다. 이유를 들어보니, 다른 방문객들은 문병 와서 무슨 말을 해야 하는지, 어떤 태도로 환자를 대해야 하는지에 대해서 잘 모르는 것 같다는 것이다.

예를 들어, 어떤 친구는 너무 진지해서 사고와 몸 상태에만 집중하여 대화를 나누니 환자가 지루함을 느끼고, 어떤 친구는 자꾸 교훈을 주려는 이야기를 하고, 어떤 친구는 보험에 관한 이야기를 한다. 필요한 이야기라고 생각할 수 있지만, 환자는 지금 육체적인 치료와 정신적인 회복, 고통에 대한 위로가 필요하다.

더 나아가 환자는 방문객이 올 때마다 자신도 어떻게 될지 모르는 상태에 대해서 반복하여 이야기를 하는 것도 힘들다. 환자의 재활 스케줄은 신경도 쓰고 않은 채 아무 때나 방문하여 곤란한 상황이 연출되기도 한다. 환자는 언제든지 방문객을 반겨줄 것이라고 생각하기 때문이다.

물론 현대 사회의 바쁜 일상에서 문병하러 방문한다는 것은 쉬운 일이 아니다. 하지만 환자의 상태와 스케줄을 고려한 방문은 어색한 상황을 피하게 하며, 고마움을 더해 줄 것이다.

친구와 편안히 앉아 이런저런 이야기를 나누다 보니, 클레어몬트신학대학원 시절에 읽었던 이 책이 떠올랐다. 이 책은 암 진단을 받은 남편의 투병부터 죽음과 사별에 이르기까지 환자와 가족의 입장에서 사람들의 방문과 도움에 대한 태도를 날카롭게 지적하고 있다. 또한 어떤 것이 좋은 위로이고, 어떤 것이 부적절한 위로인지 분명하게 선을 긋고 있으며, 환자와 가족을 위한 적절한 도움의 방법들을 제시하고 있다.

이 책『애도 수업』은 매 장마다 예상하지 못한 소중한 가르침을 전해준다. 저자는 솔직한 언어로 이야기를 질질 끌지 않은 채 자신의 경험을 담아내고 있다. 그러기에 저자가 이야기하는 바는 크게 공감이 되고, 우리에게 전해주는 통찰력은 분명하다. 이 짧은 책에 위로에 대한 모든 것이 들어 있다고 해도 과언이 아니다.

이 책을 통해 말기암 진단을 받은 환자와 가족들, 그리고 사별자들이 겪는 고통과 슬픔에 대한 이해가 더 깊어질 줄 믿는다. 그리하여 선한 의도로 도움과 위로를 주기 원하는 사람들에게 좋은 교재가 되길 희망한다.

특별히 이 책이 출간될 수 있도록 많은 도움을 주신 각 당복지재단 라제건 이사장님과 오혜련 이사님께 감사를 전한다. 내 삶의 멘토이자 한국에서 죽음학과 슬픔치유를 선도하신 김옥라 명예이사장님의 지지와 사랑에 감사드린다. 또한 항상 나의 글에 깊은 애정과 관심을 쏟아주시며, 이 책의 출판을 결정해 주신 샘솟는기쁨의 강영란 대표님께 감사드린다. 마지막으로 사랑하는 나의 가족들에게 사랑과 감사의 마음을 전한다.

옮긴이 윤득형 박사

01

The Fog

안개에
휩싸이다

삼사 일
혼자 있는 시간이
필요하다.

안개에 휩싸이다

충격적인 소식이 전해졌다. 암이었다. 중년의 남편은 생사를 다투는 인생의 싸움에 직면하였다. 좋지 않은 소식에 대한 가족의 첫 반응, 첫 감정적인 요구, 최우선적인 필요는 혼자만의 시간을 가져야 한다는 것이었다. 그 충격을 완화하는 시간, 숨을 옥죄는 듯한 짙은 안개 속을 벗어나기 위해서는 위로의 시간이 필요했다.

안개는 아주 빠르게 우리 앞에 드리워졌고, 지성, 이성, 심지어 감정까지 도저히 빠져나오지 못할 것 같은 희뿌연 암흑 속으로 몰아넣었다. 어둡고 추운

밤에 갈 곳을 찾으려고 잔뜩 긴장한 채 안개가 드리워진 낯선 길을 달리는 것만 같았다. 우리는 그런 상황의 포로가 되어 완전히 지배당하고 있었다. 천천히, 아주 천천히, 안개가 걷히는가 싶다가도 또 다시 나타나곤 했다.

당신이 안개 속에 휩싸여 있는 누군가의 친구라면, 먼저 친구와 그의 가족에게 그들만의 시간을 가지도록 돕는 것이 좋다. 전화를 하거나 방문해서 이것저것 묻거나 그다지 도움이 되지 않을 충고를 하는 것은 환자를 괴롭히는 행위이다. 또한 가족에게는 충격을 완화할 시간이 필요하다.

당신이 가까운 친구라면, 초기 암 진단 결과를 주변 사람들과 공유하면서 필요한 음식이나 물품을 전달하는 등 환자 가족들에게 코디네이터 역할을 해도 좋다. 환자를 염려하여 방문을 하거나 도움을 주고 싶은 친구들은 코디네이터 친구에게 연락하면 어떻게 무엇을 도와야 할지, 또 어떤 기도를 해야 할지 들을 수 있을 것이다.

레니Renee의 경우가 좋은 예이다.

레니는 친한 친구인데, 최근 남편이 뇌종양 판정을 받았다. 어느 날 레니는 병원에서 하루 종일 힘든 시간을 보내다가 집으로 돌아왔는데 부엌바닥에 온통 물이 흘러 흥건했다. 자세히 살펴보니 냉장고의 냉각시스템에 연결된 호스가 파손되어 물이 흘러나오고 있었다. 이 소식을 듣게 된 코디네이터 친구는 다음날 바로 배관공을 불러서 호스를 수리할 수 있도록 모든 일을 처리하였다.

또한 레니의 친구들은 음식 제공을 위해 코디네이

터에게 연락하여 스케줄을 조정할 수 있게 도왔다. 이를 통해 한꺼번에 너무 많은 음식을 받아서 남기거나, 어떤 때는 아예 음식이 없는 경우를 피할 수 있게 하였다. 또한 음식을 제공하는 친구들이 서로 같은 음식을 요리하지 않도록 도움을 주었으며, 음식을 먹을 사람들의 수가 얼마나 되는지 등 정확한 정보를 미리 제공할 수 있었다. 코디네이터는 레니에게 언제 어떻게 음식이 제공된다는 사실을 전화로 알려주었다.

이렇게 일을 처리하는 코디네이터의 역할에 대해 친구들은 아주 효율적이라고 생각하였다. 그들은 언제든지 코디네이터에게 전화하여 환자와 가족들에게 무엇이 필요한지 언제 도울 수 있는 정보를 얻을 수 있기 때문이다.

대부분 가족은 환자의 치료가 시작되기 전에 일일

이 조언을 듣는다. 여러 가지 사무적인 일들을 미리 정리해야 하고, 영적으로나 재정적으로도 준비가 필요하다. 또한 앞으로 겪을 일을 잘 대처하기 위한 마음가짐을 재정비하는 것이 무엇보다 중요하다.

암 진단을 받은 다음날 아침에 남편과 나는 식탁에서 대화하며, 억울하거나 원통해 하지 말자고 서로 일치된 마음을 나누었다.

몇 해 전, 교통사고로 아이를 잃은 한 부부를 알게 되었는데, 부부의 슬픔이 분노로 변하고, 그 분노가 원통함으로 바뀌더니, 갈수록 빈정대며 격렬하게 거칠어지는 모습을 보게 되었다. 몇 달이 지나고 몇 년이 지나면서 그 부부의 영적 상태는 분열되었고, 친구들, 가족, 그리고 하나님이 주신 기회로부터 멀어졌다. 아주 작은 기쁨의 순간도 즐길 수 없는 상태가 되어버렸다.

우리는 상실의 아픔을 원통한 마음으로 품는다는 것이 얼마나 큰 대가를 치르게 되는지를 깨달았고, 어떠한 고통의 순간이 닥치더라도 그러한 대가를 치루지 말아야겠다고 다짐하였다.

며칠 동안, 이웃에 사는 샘Sam과 가다Ghada가 매일 저녁 약간의 음식들을 가져왔다. 그 당시 입맛이 없었던 우리 부부는 음식 먹는 일이 우선이라는 생각을 할 수 없었다. 그런데 그녀가 우리 입맛을 돋우기 위해서 무엇을 한 것일까? 그녀는 현명하게 우리가 자주 즐기는 요리들만 준비했다. 그녀의 친절한 배려는 우리의 마음을 보살펴 주었을 뿐 아니라 육체적으로도 강건하게 해주었다.

병원 치료를 받기 전에 무엇을 준비한다는 것은 어떤 면에서 처음 학교에 입학하는 어린이 같은 마음이었다. 어떤 상황이 펼쳐질지 몰라서 당혹스럽고 두렵기 때문이다. 내가 정말 학교에 입학하는 아이처럼 큰 변화를 겪고 있는지 실감이 나지 않았다. 학교 갈 때 챙겨야 할 준비물이 있는 것과 마찬가지로 병원에 입원할 때도 준비물이 필요하다. 이러한 준비물을 미리 알고 마련하는 것도 지혜이다.

가장 필요한 것은 볼펜과 스프링노트 혹은 링바인더이다. 노트나 바인더는 몇몇 섹션으로 나누어서 사용하기 바란다. 첫 섹션에는 중요한 전화번호들을 적어 놓고, 둘째 섹션은 필요한 것들을 기록하기 위해 구분해서 사용한다. 보호자는 의사의 처방이나 치료 정보들을 기록하는 것이 좋다. 일일이 기록하는 것을 불필요하게 여길 수도 있다. 하지만 피로가 쌓일수록 명료한 기억력을 유지하기 힘들기도 하고, 그때그때 기록함으로써 시간이 지난 후 의사의 말을 기억해야 할 때 더없이 귀중한 자료가 된다. 셋째 섹션은 일상을 기록하는 일기장으로 사용한다.

이렇게 매일매일 기록한 정보는 환자의 치료와 반응을 추적하게 한다. 이는 하나의 로드맵이 되어 오랫동안 지속되는 치료와 입원으로 인하여 나타나는 징후들을 예상하고 대비하도록 돕는다.

무엇보다 달력이 필요하다. 치료받는 날, 병원 예약이나 입원 날짜 등을 기록하여 체크해야 한다. 달력이 없다면, 당신이 생각하는 것보다 더 자주 가족들은 "오늘이 무슨 요일이야?"라고 묻게 될 것이다.

그리고 학교의 선생님에게 드릴 사과 하나를 준비하는 마음으로 간호사들을 위한 사탕을 선물하자. 환자들에게 사탕을 선물하는 것은 특별히 많은 돈을 들이지 않고 고마움을 표시할 수 있는 좋은 기회를 마련한다. 낱개로 포장된 사탕을 큰 봉지에 예쁘게 포장하여 건네면 어떨까? 이처럼 소박한 선물은 환자와 간호사들 모두에게 환한 웃음을 선사할 것이다.

충격이 있은 후, 그렇게 한 며칠이 지나갔다. 마치 따뜻한 햇살 아래 안개가 사라지듯이, 그 안개에 휩싸인 것 같은 마음도 점차 사라졌다. 충격을 흡수한 시간이 지나간 것이다. 이제 현실이 아침처럼 뚜렷하게 내 앞으로 다가오고 있었다.

02

Facing the
Road Ahead

직면하기

#Need

진심에서 우러난

격려가

필요하다.

02

———

직면하기

충격을 흡수한 시간이 지나자, 앞으로 닥칠 역경을 이겨내기 위해 우리의 결단을 확고히 하고, 현실을 분명하게 받아들이게 되었다. 이때 가족과 친구들의 적극적인 격려가 필요하다.

우편함에 들어있는 격려 카드들은 마치 달리기를 앞둔 마라톤 선수에게 꼭 필요한 물통 같은 것이다. 어려운 시련을 이겨내라는 글이 담긴 카드, 믿음과 용기를 심어주는 카드, 또는 적절한 성경말씀이 담긴 카드를 보내는 것도 좋다. 가끔 웃음을 자아내게 하는 카드도 좋을 것이다. 겨울철이 아닌데 크리스마스 카드에 이런 글을 보내는 것도 환자를 웃게 하지 않을까?

아무래도 매번 똑같은 카드를 받으면
좀 지루할 것 같아 성탄카드를 보내는 거야.
−너를 생각하며

이 카드를 받은 환자나 가족 모두에게 웃음과 활기를 더할 수 있다. 그리고 일주일에 한 번 혹은 조금 더 자주 카드를 보내라. 사실 이렇게 자주 격려 메시지를 보낸다는 것은 그리 쉬운 일이 아니겠지만 말이다.

우리는 유머 감각이 뛰어난 한 친구에게 추수감사절 카드를 받았다. 7월 한여름에 추수감사절 카드라니. 이미 인쇄된 카드 메시지에 줄을 긋고 이렇게 쓰여 있었다.

카드를 보내려고 찾아보니
집에 있는 카드가 이것밖에 없었단다.

이 카드는 우리에게 폭소를 선물했을 뿐 아니라 하루 종일 유쾌한 기분으로 지내게 했다. 여기서 한 가지 사실을 기억해야 한다. 대부분 암 진단을 받은 직후의 환자는 자신이 아프다는 사실을 실감하지 못한다. 그래서 이 시기에 빠른 회복을 기대한다는 카드A get-well card는 어울리지 않는다. 또 환자의 예후가 좋지 않은 상태일 때도 회복을 기대하는 카드는 보내지 않아야 한다.

우리에게 선택할 수 있는 다른 방법이 있다면, 카드 만들기 앱app을 이용하여 환자 이름이 새겨진 나만의 카드를 디자인하는 것도 좋다. 환자가 친구들 중에 누가 보낸 것인지 궁금하도록 익명으로 흥미진진한 카드를 보내는 것은 어떨까? 누가 보냈는지 추측하는 것도 유쾌한 재미를 줄 수 있다. 이런 종류의 카드를 상상해 보라.

조Joe, 너의 병원 가운이
중환자실을 완전히 달라 보이게 하더군!

또는 아름다운 여성이 있는 카드를 보내면서 이런 메시지를 쓸 수 있다.

조, 지금 맥박 한 번 재봐!
내가 너의 간호사가 되려고 하는데, 어때!

상상력을 동원하라. 환자를 재미있게 만드는 일을
하라! 당신이 보낸 카드가 그날의 더할 나위 없는 큰
기쁨이 될 수 있다. 환자는 당신의 카드를 읽고 또
읽고, 친구들에게 보여주면서 자신을 아끼고 돌보는
친구의 마음을 지속적으로 느낀다.

가능하면 전화 통화를 짧게 하라. 말을 많이 하려
하지 말고, 듣는 자세로 그의 말을 경청하라. 암 진
단 초기에는 가족들도 환자와 관련된 의학적인 정보
를 잘 몰라서 누군가에게 말할 만한 이야기가 그다
지 많지 않다. 환자나 가족이나 한 번도 걸어 본 적
이 없는 길을 이제 막 걷기 시작했고, 여행에는 두려
움과 불확실함이 동반하게 된다.

부디 당신 주변의 어떤 사람에게 일어난 부정적인
사례들을 말하지 말라. '어떠한 좋은 말도 할 수 없다면, 아무 말도 하지 말라'는 격언이 있다.

병원에 대해 잘 안다는듯이 부정적인 일로 주변을 맴도는 '병원 촉새'가 있을 것이다. 솔직히 말하자면, 당신의 사랑하는 사람 주변에 이같이 주책없는 사람이 있다면, 정중하게 병원을 방문하지 못하도록 부탁하라.

그에게 진심 어린 마음으로 말할 수 없을 때는 전화하지 않는 것이 차라리 낫다. 이상하게 들릴지 모르지만, 이는 차를 운전하다가 사고 난 광경을 보려고 서행하는 운전자처럼 어떤 사람은 이와 유사한 이유로 전화를 걸기도 한다. 이런 경우 환자 가족은 왜 전화했는지 곧바로 알아차린다. 그 전화는 환자 가족에게 단지 관심거리가 되어버린 기분을 갖게 한다.

특히 환자 가족에게 전화해서 '필요한 일이 있으

면 도와주겠다'는 말을 하지 말라. 그렇게 말하는 것
보다는 돕기 위한 실제적인 계획을 세워야 한다. 집
앞의 잔디를 깎아도 되겠냐고 묻기 보다는 "이번 주
금요일 저녁에 너희 집 앞 잔디를 깎으려고 해"라고
말하는 편이 낫다. 혹은 시간을 내어 잔디를 깎아주
기를 바란다. 만일 당신이 같은 상황에 처했다고 가
정한다면 무엇이 필요한지 상식적으로 잘 가늠할 수
있을 것이다. 그저 당신의 마음에 따라서 행동에 옮
겨야 한다.

그리고 귀 기울여서 들어야 한다. 이는 전화 통화
중이나 개인적인 대화 속에 핵심이 있기 때문이다.
당신은 대화 중에 환자나 그의 가족에게 무엇이 필
요한지 어떤 요구가 있는지 감지했는가?

뜨거운 여름에 남편의 치료가 진행되었고, 우리

집 뒷마당은 열대지방의 낙원 같은 휴식처를 제공했으나 갖가지 아름다운 꽃과 나무들에게 물을 주는 일은 점점 힘든 과제가 되어 갔다.

어느 날 오후, 한 친구와 대화하던 중에 뒷마당의 꽃과 나무들에게 물을 주려면 병원에서 일찍 나와야 한다는 말을 하게 되었다. 그녀는 그 말을 귀담아 들었고, 내가 그 일에서 자유로워지고 불안하지 않도록 곧바로 정기적으로 물주는 일을 하겠다고 자청했다. 그녀의 선물은 '우리가 해야 할 싸움'에 집중하도록 큰 힘이 되어주었다.

03

Roadblocks

장애물

지금까지
그랬던 것처럼
일상적인 생활이
필요하다.

남편이 심각한 병에 걸렸다는 사실은 이제 이웃과 친구들, 알고 지내는 사람들 그리고 직장동료들에게 모두 알려졌다.

그런데 심각한 상황에 처한 우리를 더욱 힘들게 한 것은 바로 사람들의 반응 때문이었다. 가장 두드러진 것은 우리를 회피한다는 것이다. 우리와 마주칠 때 이웃들은 그저 난처한 기색으로 고개를 돌리고는 얼른 자기 집으로 들어가 버리기 일쑤였다. 어떠한 모임의 초대도 제외되었고, 잠깐이라도 집에 들렀던 친구들의 발걸음도 어느덧 끊겨버렸다. 사무실에서 아무렇지 않게 나누던 동료들과의 잡담도 더 이상 주어지지 않았다.

사람들은 우리에게 무슨 말을 해야 할지 몰라서 그럴까? 우리가 무엇을 원했단 말인가? 그저 평범한 일상을 원했다. 암 진단을 받기 전과 다름없이 살아가고 싶었고, 여전히 웃고 즐기고 교제하면서, 먹고 마실 수 있을 만한 충분한 기력이 있었다. 지금까지 그랬던 것처럼 긍정적인 사고를 지속하기 위한 사교적인 교류가 필요했다. 그렇지 않은가? 단지 우리 앞에 놓여 있는 역경을 제외하고는 다른 사람들과 전혀 다르지 않게 살아가고 있는 똑같은 사람이었다.

우리가 평범한 일상을 느끼게 하는 데 가장 큰 도움을 준 것은 나의 쌍둥이 동생 부부였다. 그들과 함께 있으면 암 진단을 받았다는 사실조차 잊게 되었

고, 몇 해 동안 함께 지낸 사람처럼 직감적으로 서로
에게 필요한 부분을 채워주면서 따뜻한 이야기를 나
눌 수 있었다.

　우리는 서로 인격을 존중하면서 자유롭게 대화를
이어 갔다. 동생의 남편은 다정하고 따뜻하게 '행운
아'라는 별명을 남편에게 지어주었는데, 그 별명은
치료에 효과적이었다. 그들은 우리에게 당면한 어
려움을 웃음으로 바꾸어 주었고, 우리가 처한 상황
을 '웅덩이 빠져 있다'는 말로 표현해서 마음을 가볍
게 했다. 이 같은 대화는 누군가 우리를 이해하고 있
다는 면에서 치유에 효과적이었다.

　초대를 받는 것은 환자들의 기분을 긍정적으로 전
환하도록 해준다. 그러나 환자와 환자 가족을 대하
면서 유연해야 하는데, 환자는 초대에 기꺼이 응하

더라도 막상 그날에 몸 상태가 초대 자리를 감당할 수 없을지도 모른다.

어느 날 한 친구가 교회에서 모이는 남성들의 저녁식사 자리에 남편을 초대하였다. 남편은 모임에 참석할 것을 기대하면서 한 주 동안 기분이 들떠 있었다.

그날이었다. 친구가 남편을 데리러 오기로 약속한 오후 6시가 가까워졌고, 남편은 외출복으로 갈아입다가 자신의 몸 상태가 악화된 것을 알아차렸다. 남편은 모임에 참석할 수 없다는 것을 안타까워하며 눈물을 흘렸다. 친구는 이러한 남편의 상황을 이해했을까? 남편의 내과 담당 주치의였던 친구는 충분히 이해했을 것이다.

하지만 모든 사람이 이러한 남편의 처지를 이해하는 건 아니다. 암은 때때로 사람들에게 막연하게 두

려움을 느끼게 하고, 몇몇 가까운 사람들과 친구들
조차 마치 암이 전염이라도 된다는듯이 행동을 하기
도 한다. 그렇지 않다! 악수를 하거나 포옹한다거나
등을 쓰다듬는다고 해서 암이 전염되는 것은 아니
다. 오히려 아주 정반대이다. 우리 두 사람 모두에게
포옹을 하거나 손을 잡아주는 것은 심리적으로 치료
효과를 가져온다.

　우리 부부가 알아차린 것 중에 뜻밖의 경우는, 암
환자나 가족들의 대화가 암 진단과 관련된 내용에
국한될 거라고 잘못 생각하는 사람들도 있다는 것
이다. 암 진단을 받았다고 해서 지성이나 이성, 관심,
취미 등이 즉각 삶에서 떨어져 나간단 말인가? 우리
의 뇌 구조가 갑자기 바뀐다는 것일까?
　다행히 남편의 직장동료는 남편이 집에 있거나 병

원에 있을 때 전화하여 컴퓨터에서 발생하는 제반 문제들에 대해 자문을 구하였다. 이러한 일은 남편을 괴롭히는 일이 아니었다. 오히려 그 직장동료의 전화는 아직도 남편이 회사의 구성원이라는 것을 확증해주었고, 남편에게 자신의 필요와 가치를 충분히 느낄 수 있는 활력이 되었다. 남편이 알고 있던 경험이나 지식에 비하면 암은 부차적인 것이었다.

04

The Tollbooth

병원은 톨게이트

긍정적인 사고로
전환하는 것이
필요하다.

회복을 위한 치료의 여정에 막 들어설 무렵에
는 가족과 친구들의 역할이 더할 나위 없이 중요하
다. 이 시기에 환자와 가족들은 육체적으로, 정신적
으로, 영적으로 심한 도전을 받는다.

환자는 낯선 환경과 의료 장비들, 그리고 병원 특
유의 묘한 냄새 속으로 들어가야 한다. 불과 몇 시간
만에 몸에 삽입된 관, 기계로 조작하는 침대, 삑삑거
리는 장치들, 비상버튼을 다루는 일이 어렵지 않고
익숙해진다.

시시각각 지속되는 불편한 스케줄은 이제 생명을

유지시키기 위한 일정이라는 생각에 어느덧 당연하게 받아들인다. 시간에 맞추어 이루어지는 방사선 치료와 함께 끊임없이 이어지는 갖가지 치료도 밤이나 낮이나 어느 때든지 해내야 한다. 시간마다 몸 상태를 진단하기 위해 시행되는 규칙적인 측정은 차츰 위안이 되기도 하지만, 밤에도 훤한 낮처럼 느껴지기에 깊은 수면을 취하기가 어려워서 몇 시간이라도 숙면을 취했다면 다행이었다.

병원은 이론적으로 삶의 고속도로에서 통행료를 징수하는 톨케이트와 다름없다. 통행세는 재정적으로 육체적으로 지불해야 한다. 지출 경비는 주차비, 음식비, 교통비, 진료비, 처방비 등을 포함하고, 환자와 가족들에게 부과되는 통행세는 피곤과 불안감이다.

그러므로 주차권은 환자 가족에게 좋은 선물이고, 환자 가족들을 위한 식권 예매도 가능하다. 꽃을 보내는 것보다 가족들에게 정말 필요한 것이 무엇인지 판단하여 당신의 돈이 힘든 시기에 가장 유용하게 쓰일 만한 곳이 어디인지 판단하기 바란다.

이것은 친구로서 또한 가족의 한 사람으로서 힘을 나누는 기회가 된다. 마치 핸드폰을 사용하려면 지속적인 재충전이 필요하듯이 환자 가족인 간병인이나 보호자에게도 마찬가지이다. 이 시기는 바로 당신의 에너지, 그리고 활력을 나눌 수 있는 기회이며, 환자 가족에게 재충전의 시간이어야 한다. 환자 곁에 몇 시간 혹은 한나절 함께 있어 주는 것도 좋다. 어떤 책임있는 행동이, 어떤 돌봄이 환자 가족에게 필요한지 잘 살펴보기 바란다.

병원에서 낮 시간은 사막의 고속도로를 달리듯 단조롭게 느껴진다. 이러한 고속도로를 우회할 수 있는 전환점을 제공하는 것이 좋다. 간단한 전화 통화 혹은 병원 방문, 소망을 담은 예기치 않은 선물이나 카드는 하루 종일 기분을 좋게 한다. 선물이든 빌려 온 것이든 간에 영감 있고 동기를 유발하는 책들은 지친 여행자에게 지도 같아서 영적으로 쉼을 주고 신선한 여유를 선사한다.

대부분 병원은 케이블 TV의 영화 채널을 이용할 수 있다. 그러므로 환자의 기호에 따라 볼 만한 영상을 제공하는 것도 재충전에 도움이 되고, 기분 전환을 하는 데 기여한다. 가능하면 가라앉은 마음의 상태를 고양시키고 긍정적 에너지를 불러일으킬 만한 영상을 선택하고, 우울하고 낙담하게 하는 영상은 피하도록 해야 한다.

당신의 상상력을 이용하여 창의적으로 기분 전환을 할 수 있는 방법을 찾아보는 것도 좋다.

어느 날 오전, 한 친구가 큰 바구니를 들고 병원에 들렀다. 겨우 몇 분 정도 머물렀지만, 그는 우리에게 피크닉이 필요하다는 생각을 했다고 말했다. 그가 들고 온 바구니에는 체크 무늬 빨간 냅킨, 집에서 손수 만든 샌드위치, 값비싼 치즈, 포테이토칩과 쿠키들이 가득 들어 있었다. 그의 마음과 준비물을 더 경이롭게 느낀 이유는 우리도 피크닉을 하고 싶었기 때문이다.

어떤 날은 아름다운 파란 꽃바구니를 선물로 받았다. 우리 병동의 각 방 모든 환자들이 꽃바구니를 받았는데, 아주 우아하고 환상적인 파란 꽃들이 가느다란 가지로 엮은 흰 바구니 안에 담겨 있었다. 어떤 카드도 없었지만 간호사의 설명에 의하면, 예전에 입원한 적이 있는 환자가 입원 환자들의 건강을 기원하면서 매년 보내는 꽃바구니라고 하였다. 겸손한 그는 자신이 누군지를 밝히지 말아줄 것을 당부했다고 한다. 남자인지 여자인지 알 수 없었지만, 그의 따뜻한 격려가 우리에게 얼마나 큰 위안이 되었는지 말해주고 싶었다.

우리 가족은 투병 초기에 입원할 때마다 매번 하나의 주제를 정하고, 그 주제에 따라 병실을 장식하기로 했다. 입원을 앞두고 가족들은 스캐빈저 헌트 scavenger hunt[1]를 시작하였다. 필요한 장식들은 구매하기도 하고 어떤 것은 빌리기도 했다. 이러한 이벤트는 환자가 입원하는 시간을 기대하고 들뜨게 할

---

1) 역주. 이는 마치 '보물찾기' 같은 미국에서 일반화된 놀이다.

뿐 아니라 우리 모두에게 치유 효과를 주었다. 예를 들어 이번에 입원할 때 정한 주제가 '하와이'라면, 병실에 코코넛을 비롯하여 우쿨렐레 등 하와이 상징물로 장식하는 것이다.

병실을 장식한다는 것은 의사와 간호사, 다른 환자와 가족들에게도 기분 좋게 하고 웃음 짓게 한다. 또한 우리가 병실에 머무는 동안에도 즐거운 대화의 기회가 되었고, 서로 친밀한 관계가 되는 데 도움이 되었다. 또 우리 마음을 들뜨게 하는 의상이나 화려한 색상의 잠옷을 선택하기도 했다. 이 또한 유쾌하고 매력적인 상황을 연출하였다.

환자에게 기쁨과 웃음은 치료에 있어서 아주 귀한 필수품이다. 이렇게 환자에게 동기부여 요소들을 나누고 전해지는 시간을 갖기 바란다.

할로윈데이에는 대학생 조카가 할로윈 복장을 한

채 전자레인지에서 즉석으로 만들 수 있는 팝콘을 빨간 바구니에 가득 채워 가지고 왔다. 조카는 병동의 층마다 돌아다니며 다른 환자 가족들이나 의사와 간호사들에게 팝콘을 나누어 주었다. 불과 몇 분이 지나지 않아 팝콘 터지는 소리가 홀 전체를 울렸고, 팝콘 냄새가 가득 스며들었다. 이처럼 적은 비용으로 큰 기쁨을 선물하다니 놀라운 아이디어였다.

05

*Acceleration of
Care*

돌봄의 진척

적극적인
돌봄이
필요한 시기이다.

이러한 시간이 지나면서 중요한 교훈을 얻었다. "필요한 거 있으면 전화해"라고 말하는 백 명의 사람들보다 친절한 행동을 실천하는 한 사람이 훨씬 소중하다는 것이다. 그러니 그런 식으로 묻지 말고 행동으로 옮겨라!

가족 중 입원 환자가 있을 때, 간병하는 가족은 녹초가 되어 집으로 돌아온다. 때때로 요리를 한다거나 장보기, 혹은 먹는 일조차 귀찮기만 하다. 피로한 상태가 계속 이어지면서 감정적으로 육체적으로 소진되어 지독한 감기 몸살에 걸린 듯한 심한 피로감에 기진맥진하게 된다.

주의 깊게 생각해 보라. 병원에서 하루 종일 시달린 사람이 식료품점에서 무엇인가 구매한다면 어떤 음식이나 식재료를 고르겠는가? 뜨거운 욕조에 피로한 몸을 담그거나 편안한 의자에 가만히 앉아서 휴식을 취하면서 피로감을 해결하기 위해 어떤 물품들을 원할까?

이러한 것들이 바로 환자 가족을 위해 준비할 만한 물품이다. 화장지, 세탁용 세제, 커피 등이 그러한 예이다. 이러한 정도는 당신 스스로 생각해서 준비할 물품이다. 환자 가족에게 활력을 주고 편안함을 주는 물품이 무엇인지 생각하자.

나의 쌍둥이 동생은 우리 집에 올 때마다 치료에 따른 재정적인 부담을 줄여주고자 식료품도 아주 섬

세하게 배려하여 구입했다. 그녀가 가져오는 물품들은 우리에게 크리스마스의 아침처럼 신선하게 느껴졌다. 군것질하기 좋은 아이스크림, 쿠키, 과자류 등을 사 가지고 왔다.

어느 날 저녁, 동생은 "오늘은 피자의 밤"이라고 외치하거나 "멕시칸 음식이 먹고 싶었어. 자, 먹자!"라고 말했다. 내가 피자와 멕시칸 음식을 좋아한다는 것을 잘 알고 있는 동생이었다. 그렇지만 마치 자신이 먹고 싶은 것처럼 행동했다.

환자의 상태가 가속화되면서 구체적인 돌봄의 행동이 뒤따라야 했다. 부부, 즉 남자에게 또 여자에게 효과적인 돌봄이 필요해진 것이다. 작지만 친절한 행동은 간병하는 가족에게 육체적으로 쉴 수 있는 기회를 제공할 뿐 아니라, 도움을 주는 사람과 받는 사람 모두에게 감정적인 치유를 경험하게 한다.

간병하는 가족에게 혹시 필요한 것이 무엇인지 구체적으로 물어보라. 아마 집안 어딘가 망가져서 수리할 곳이 있거나 긴급히 해충 예방이 필요할 수도 있다. 하지만 그 일을 처리하기 위해 수리공이나 방역업체 사람들이 집을 방문할 때 집안으로 들어오도록 안내할 사람이 필요하다. 당신이 이러한 일을 도와줄 수 있고, 재정적인 여유가 있다면 대신 비용을 지불해도 괜찮다.

당신은 이러한 도움을 주기 위해 계속해서 물어봐야 한다. 사실 주는 것이 받는 것보다 쉽지만 많은 사람들은 무엇을 요청하거나 필요로 하면서도 받는 것에 익숙하지 않다. 심지어 간병하는 가족은 자신이 도움을 받아야 하는 상황에 처했다는 것에 당혹감을 느낄 수도 있다.

어떤 사람은 필요한 것을 묻기도 전에 실행한다. 무엇보다 먼저 관찰자가 되어 주의 깊게 지켜보다가 필요한 것이 무엇인지 발견할 수 있도록 잘 듣는 것도 중요하다.

팻Pat의 남편은 50대에 알츠하이머 진단을 받았다. 더 이상 그가 일을 할 수 없다는 것이 명백해졌다. 그동안 경험으로 볼 때 행동 장애가 시작되었다는 것은 간병 시간이 길어진다는 것을 의미했고, 재정적인 결핍이 곧 찾아오리라는 것을 짐작할 수 있었다.

동생과 나는 식료품점에서 먹을 만한 것들을 사가지고 왔다. 구입한 것들을 전하려고 그의 집을 방문했을 때 팻의 남편이 우리를 맞이했다. 그는 무척 당황스러워했지만 동생이 재빠르게 말했다.

"제가 이러한 필요가 있을 때 기꺼이 저를 위해 해

주실 거지요?"

"오, 그럼요. 제가 그럴 거라는 것을 알고 계시네요!"

흔쾌히 그가 대답하였다. 동생의 말이 그의 자존감을 회복시켜 주었던 것이다. 단지 그도 기꺼이 이러한 일을 동생을 위해 할 것이라는 사실을 상기시켜 주었을 뿐인데 말이다. 겸손, 진정성 그리고 사랑은 반드시 신뢰를 얻는다.

06

It's a
Guy Thing

남자의 일

#Need

필요한 것은
남자가
할 일이다.

남편의 병세가 나날이 악화되면서 나는 탈진 상태가 되었다. 한 친구가 집에 들렀을 때 그는 내 차에 붙어 있던 차량등록 스티커가 만기에 가까워지고 있다는 것을 알아차렸다. 자칫하면 벌금을 물 수도 있는 기간이 며칠 남아있지 않았다.

"이런 일은 남자가 할 일이지."

나는 차량등록 스티커를 확인할 생각조차 하지 못했고, 내게 필요한 돌봄 중에 어떤 것은 남자들이 더 잘하는 일이었다. 자동차 관련 일이나 앞마당의 잔디 깎는 일이 특히 그러했다.

앞마당의 잔디를 잘 관리한다는 것은 내게 거의 불가능한 일이었다. 잔디 깎는 기계가 그토록 무겁고 평형을 유지하기가 어렵다는 것을 비로소 알게 되었다. 일을 마치고 나서 앞마당을 멍하니 쳐다보았다. 마치 초등학교 일 학년 학생의 머리를 동급생이 깎아준 것처럼 마당의 잔디가 여기저기 도려지고 어설프게 다듬어져서 엉망진창이었다. 이것을 본 이웃의 한 신사가 그 일을 도맡아서 해주기로 했다. (앞마당의 잔디가 제대로 모습을 회복되기까지 몇 주간이나 걸렸다.)

비극적인 일을 겪거나 슬픔에 빠져 있는 동안, 남자의 일이라고 여긴 일들이다.

1. 자동차의 등록 혹은 점검 만기일과 면허증의 만

기일을 점검하고, 만기일이 지나기 전에 차량 재
등록을 위한 점검을 대신하기

2. 자동차 덮개를 열어 느슨해진 선이나 호스가 있
는지 점검하기

3. 자동차 오일과 필터를 점검하고, 필요하다면 교
체하기

4. 자동차의 타이어들이 많이 닳았는지 확인한 다
음 타이어 교체가 필요한지 조언하고, 타이어에
바람을 넣을 필요가 있는지 확인하기

5. 세차 도와주기

6. 자동차에 기름 채우기

7. 앞마당의 잔디 깎기

8. 수리가 필요한 것이 있다면 돕고, 수리공이 필
요하면 연결하기

9. 매주 쓰레기차가 쓰레기를 비우고 난 후 쓰레기

통을 수거하기

10. 꺼진 전구들이 있다면 교체하기

11. 집에 아무도 없을 때 잘 살펴주기

12. 화초에 물을 주고, 큰 가지 잘라주기

13. 화장실 변기가 막히거나 퓨즈가 나갔을 때 어떻
게 대처해야 하는지에 관해 알려주기

나는 전구를 갈아 끼우는 일은 대학 교육이 필요
하지 않다는 것을 깨달았지만 이 또한 전략이 필요
했다. 4미터나 되는 천정과 정밀하고 둥근 나사들은
내게 가장 큰 적군이었다. 수명이 다한 전구로 인해
패배감을 느낄 정도였다.

내 차의 룸미러가 앞창 쪽으로 떨어진 적이 있었
다. 내겐 재난이나 마찬가지였고, 이때 이웃집 친구
가 슈퍼맨처럼 나타나더니 간단히 접착제로 떨어진

룸미러를 수리하는 것이 아닌가? 자동차 수리점에 가야 했지만, 한동안 차 없이 지내야 한다는 것과 비싼 수리비를 떠올리며 패닉에 빠져 무기력하게 있을 수밖에 없었다. 그런데 그 친구는 10분 정도의 시간을 투자하여 안전하게 운전할 수 있도록 도와주었을 뿐 아니라, 내게 평생 기억할 만한 친절하고 감동적인 기억을 선물했다.

　아무리 간단한 수리라고 할지라도 차 수리의 경험이 없을 경우에 더 어렵고 힘들게 느껴진다. 특별히 지치고, 걱정에 싸여 있거나 두려움 중에 있을 때 이런 일들은 힘든 마음을 배가시킨다.

07

A Woman's
Touch

여성의 손길

#Need

필요한 것은
부드러운
손길이다.

환자가 여성이든 남성이든 간에 여성의 손길이 필요하다. 여성에게는 어려운 상황을 보다 편안하게 만들 수 있는 천성적인 능력이 있다. 사과파이를 만들거나 간단한 요리를 하거나 혹은 커피를 내리는 일에도 여성의 부드러운 손길은 언제나 효력이 있다.

여성은 특별한 재능인 직관력을 발휘하면서 상황에 따라 어떤 행동이 필요한지를 잘 알고 있는 것처럼 보인다. 카드를 보낼 때, 집 앞에 특별한 메모를 남겨 둘 때, 여분의 커피를 사야 하거나 전화를 걸 때, 아이들에게 필요한 돌봄을 제공할 때에도 여성은 어떻게 하는 것이 좋을지 곧바로 알아차린다.

가다Ghada는 텍사스의 여름이 무척 더웠던 그해, 남편의 파자마 바지를 짧은 길이로 만들어 주었다. 그녀는 남은 천을 이용해서 부엌에서 쓰는 냄비받침을 만들기도 했다. 그녀의 선물은 우리에게 풍성한 추억을 간직한 소중한 물건이 되었다.

데브라Debra는 우리가 병원에 있는 동안, 크래커를 비롯한 각종 스낵류가 담긴 바구니를 만들어 주었다. 바구니에 담겨 있던 각각 다른 쿠키들을 선택하면서 기뻐했고, 그녀의 사랑과 건강의 기원을 떠올릴 수 있었다.

헬렌Helen은 비닐팩에 25센트짜리 동전을 가득 채워서 건네 주었다. 왜 동전을? 병원의 자동판매기는

하루 24시간 활력을 주는 먹거리를 제공하지만 동전
이 필요했기 때문이었다. 그녀는 자신의 경험을 통
해 내게 동전이 지속적으로 필요하다는 것을 알고
있었다. 그녀가 준비한 동전은 나의 필요를 적절하
게 채워주는 값진 선물이었다.

　여성이 위기에 처한 가족들을 돕는 행동은 다음
과 같다.

1.　방과 후 아이들을 집에 데려다 주는 일에 자원
　　하기
2.　우표를 붙인 편지봉투와 감사카드 제공하기
3.　방사선 치료로 인해 머리카락이 빠질 것을 대비
　　하여 새로운 모자나 스카프 제공하기
4.　집의 애완동물에게 먹이 주기

5. 집 안팎 화초에 물주기

6. 환자와 함께 있어주면서 간병하는 가족이 몇 시
   간이라도 쉴 수 있도록 돕기

7. 환자의 돌봄에 필요한 방향제 제공하기(하지만
   주의할 것은 환자가 냄새 알레르기가 있거나 향에 좋
   지 않은 반응을 하는 것을 주의하라.)

8. 병실에서 가족들이 함께 먹을 수 있는 바구니에
   간단한 음식을 담아 제공하기. 이런 일은 하루를
   기분 좋게 한다.

9. 다양한 색상의 새롭고 화려한 파자마, 침대보
   등 제공하기(병원 생활은 단순하고 지루하며, 화려
   한 색상을 찾아보기 힘들다.)

10. 병원이나 다른 장소로 이동할 필요가 있을 때
    운전으로 봉사하기

메릴린Marilyn은 바나나 땅콩 빵을 가지고 왔다. 이
빵은 그녀가 친구들이 독감이나 몸살에 걸려 있을 때
선물하는 그녀만의 전통이었다. 그녀는 자신의 선물
이 "고통을 치료하고", 그 빵에 담긴 사랑은 항상 마
음의 긴장을 녹여주는 효과가 있다고 장담했다.

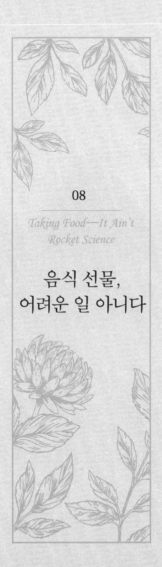

08

Taking Food——It Ain't
Rocket Science

음식 선물,
어려운 일 아니다

음식에 관한
아름다운 추억이
필요하다.

음식 선물, 어려운 일 아니다

음식을 선물한다는 것의 중요성은 여기에 다 쓰지 못할 정도로 큰 의미가 있다. 질병이나 비극적인 상황에 놓인 다른 가족과 대화를 나눌 때도 음식에 관한 유사한 경험을 발견한다.

모든 음식은 다시 돌려주지 않아도 될 용기에 담아서 선물한다. 누가 어떤 그릇에 음식을 담아 주었는지를 일일이 추적해서 돌려주어야 한다면, 환자 가족들에게는 불편한 의무가 또 하나 늘어난다.

결코 값비싸거나 귀하게 여기는 접시나 그릇에 음

식을 보내지 말라. 이런 일이 우리에게 일어난 적이
있었다. 최선을 다해 음식을 선물하려고 나이 많은
어르신이 가족 대대로 쓰던 귀한 그릇에 케이크를
담아 왔다. 우리는 그 할머니에게 그릇을 돌려주려
고 교회에 놓아두었지만, 그분이 가지러 왔을 때는
이미 그릇이 없어지고 말았다.

이런 경우 음식 선물을 준 사람이나 선물 받은 사
람 모두에게 고통과 스트레스를 안겨준다. 결국 귀
한 그릇은 찾지 못했고, 그분이 마음 아파하는 모습
을 보면서 몹시 안타까웠다.

음식은 당신이 맛보았던 것으로 선택하라. 한 번
도 맛보지 않은 새로운 음식을 준비하는 것은 좋지
않다. 그리고 음식 선물에는 정성이 담겨 있는 것이
중요하다. 이러한 마음의 표현을 담고 있어야 한다.

"우리가 마음 쓰고 있어."

"당신은 우리에게 특별합니다."

이렇게 전해지는 마음의 표현은 질병으로 지친 영혼을 부추켜서 음식을 먹을 수 있도록 도울 수 있다. 당신의 마음이 그 음식에 담겨 있지 않다면, 그 선물은 그 마음 그대로 전해진다.

우리가 경험한 특별한 음식 레시피의 추억은 아이스박스에 한가득 담긴 신선한 새우였다. 친구들이 몇 시간이나 걸려서 손수 새우를 가져온 것이다. 우리는 마치 포레스트 검프Forrest Gump처럼, 몇 날 며칠이나 새우 구이, 데친 새우, 새우 샐러드, 새우 스파게티를 먹을 수 있었다. 새우를 손질하고 요리하는 동안, 새우 요리를 즐기면서 매우 행복한 시간을 보냈다.

당신이 음식을 요리하는 데 시간적인 제약이 있다

면, 간단한 샌드위치를 준비해서 집이나 병원에 가져다주는 것은 어떤가? 빵에 햄과 치즈, 피클을 넣은 샌드위치 정도라면 훌륭하다. 얼마나 좋은 선물인가? 이러한 샌드위치는 요리 시간의 제약 없이 몇 번이라도, 또 다양한 종류를 선물할 수 있다.

대부분의 병원은 병실마다 환자와 가족들이 이용할 수 있는 냉장고를 비치하고 있어서, 환자의 남은 음식은 이름을 써서 보관할 수 있다. 이는 환자 가족에게 식비 지출을 줄일 수 있도록 돕는다.

지나치게 매운 음식은 피하는 것이 좋다. 조미료가 너무 많이 첨가된 음식도 좋지 않다. 야채가 많거나 국물이 있는 음식은 피하라. 예를 들면 쇠고기 야채 스프 같은 것인데, 자칫하면 오히려 입맛이 없어지게 한다. 특히 디저트는 지치고 힘든 가족들의 입맛을 돋구어 줄 수 있어야 한다. 피로감은 입맛과 에너지도 함께 빼앗아 가기 때문이다.

웃음을 선물하고 마음을 북돋아 주는 한 가지 아이디어는 당신이 준비한 음식 선물에 간단한 메모를 남기는 것이다.

- 달콤한 (   ) 같은, 집에서 만든 파이(괄호에 환자의 이름을 넣어라.)
- 불고기와 함께 당신을 축복합니다!
- 건강을 기원하는 닭고기, 당신에게 기운을 줄 것입니다!
- 천사의 계란
- 당신은 매우 소중합니다.
- 당신이 매우 그립습니다.
- 의사가 처방한 닭고기 스프
- 회복을 위한 양념 고기

　상상력을 발휘하여 음식에 어울리는 재미있는 메모를 함께 넣으면 어떨까? 환자와 가족들이 그 메모를 보면서 즐거워할 것이다. 웃음을 주는 선물은 더없이 귀하다.

　나는 핑킹가위로 색지를 잘라 음식 위에 꼬리표를 매다는 방식을 활용한다. 작은 꼬리표는 비용이 들지 않고, 거기에 담긴 메모는 기쁨을 배가한다. 만일 당신이 두 사람 분량의 음식을 준비했다면, 천원 숍 같은 곳에서 저렴한 유리접시 2개를 구매하여 각각 먹을 수 있도록 준비하는 것도 좋다. 그러한 접시들은 재활용할 수 있어서 환자와 가족들이 당신의 선한 마음을 다시 한 번 떠올린다.

　당신이 준비할 음식을 얼마나 많은 사람들이 먹을지 미리 아는 것은 중요하다. 주말에는 가족이 환자를 돌보는 일로 더 분주할 수 있다. 가족 모두 먹을 수 있는 분량의 음식을 준비하는 것도 가족은 물론 특히 간병하는 가족을 돕는 방법이다. 음식이 가족 모두 먹기에 충분하지 못하다면, 오히려 스트레스가 될 수 있다는 점을 기억하기 바란다.

환자와 가족들이 체질적으로 맞지 않아 먹지 못하는 음식이 있거나 특히 꺼려하는 음식이 있는지 묻는 것도 필요하다. 그래서 음식 선물에 담긴 정성과 진실한 마음이 전해져서 음식에 대해 좋은 추억을 회상하게 한다.

환자가 좋아하지 않는 음식인데, 굳이 다진 고기 요리meatloaf를 가져갈 필요가 있겠는가? 환자가 좋아하는 음식을 선택하게 하는 것은 쉬운 일이다. 환자에게 물어보라.

"무엇이 가장 먹고 싶으세요?"

이렇게 간단한 질문을 환자에게 한다면 한동안 잊었던 스스로 선택할 수 있는 권리를 누리게 한다. 심각한 질병의 환자는 스스로 조정하고 선택할 수 없는 무수한 결정이 병원생활에서 필수적으로 연관되어 있기 때문이다.

음식 선물은 용기를 북돋아 주고 격려할 수 있어야 하고, 음식에 대해 기분 좋은 추억을 남기도록 해야 한다. 방문은 짧게, 하지만 사랑은 오래 지속되도록 하기 바란다.

당신이 선물한 음식과 더불어 한 가지 더하기를 바란다면, 영감을 불러일으킬 만한 책 한 권이다. 대부분의 환자들은 육적인 음식만큼이나 영적인 양식에 배고파한다.

09

Bunker Buddies—
Staying "In" For
the Battle

벙커버디

전투를 위해
벙커에 함께 있을
친구가 필요하다.

치료가 계속되었고, 각종 검사들이 예약되어 있고, 기다림에 익숙해져 갔다. 이러한 주기는 반복적으로 끊임없이 지속될 것만 같았다. 하루가 지나고 나면 어느 새 주말이 다가오고 있었고, 주말은 한 달이 되고 또 한 달로 치달았다.

전쟁통에 있는 병사들처럼 우리 가족은 전투에 지쳐 가는 것을 느꼈다. 수많은 전투를 치른 병사가 그렇듯이 우리도 다른 사람이 되어 버린 것만 같았다. 전쟁이 한없이 길어지자 대부분 친구들은 집안 일이나 일상으로 다시 돌아갔고, 각자 살아왔던 삶으로 복귀하였다.

한동안 자주 받아보았던 전화 통화도 줄어들었고, 갈수록 아예 한 통의 전화도 오지 않는 날도 많아졌다. 오직 '벙커버디들'만이 남아 있었다. 그들은 다섯 손가락에 꼽을 정도의 몇몇 벙커버디들이었다.

그 중에 한 사람은 내 동생의 남편 데이비드David였다. 사업장을 직접 운영하는 그는 남편이 지속적으로 할 일이 뭔지 찾으려고 했다. 컴퓨터와 관련한 일이었는데, 한 시간이든 세 시간이든 일하는 시간은 별 의미가 없었고, 거의 매일 데이비드와 남편은 가까운 곳에서 점심식사를 함께 했다. 저녁이나 주말에도 떼어 놓을 수 없는 사람들처럼 집 앞에 나란히 앉아 이야기를 나누기도 했고, 낚시를 함께 했으며, 스포츠 경기를 시청했다.

벙커버디란, 적극적으로 전화하거나 이메일 혹은 카드를 보내면서 격려하고, 도움을 줄 만한 방법을 찾으려고 애쓰는 친구들을 일컫는다. 그들은 환자와 가족과 대화하면서 귀를 기울이고, 함께 나눈 말들을 자세히 분석하여 어떻게 개입할지 계획할 줄 알았다. 개입? 그렇다. 개입이 필요하다.

환자가 최근 검사 결과가 좋지 않아서 낙담하고 있는가? 벙커버디는 사무실의 동료나 친구 혹은 교회에 연락하여 격려 카드를 보내도록 요청한다. 환자의 반응은? 사랑과 격려를 받는 기분으로 희망을 재확인하게 된다. 물론 환자는 벙커버디가 다른 사람들에게 전화를 해서 격려 카드가 도착했다는 사실을 알지 못한다.

어느 날 오후, 편지 한 통을 받았는데, 우리가 가입

한 코브라COBRA 보험회사에서 보험이 취소되었다는 통지였다. 아니, 이런 일이! 매달 보험료 영수증을 받았는데 무슨 일인가? 이런 실수를 반복하는 보험회사의 태도에 지쳤다. 이를 해결하기 위해 또 시간을 보내야 한다고 생각하자 피로가 몰려왔다. 힘든 일들을 겪어 내야 했던 남편은 이 통지서를 보면서 낙담하여 눈물을 흘리기도 했다.

그리고 몇 분이 채 지나지 않았을 때 교회 주일학교 교사로 헌신하는 드웨인DeWayne이 찾아왔다. 그는 적어도 일주일에 한 번씩 방문하는 벙커버디였는데, 마침 과거에 코브라 보험에 가입한 적이 있다고 했다. 그 보험회사의 실수로 그의 보험 역시 여섯 차례나 취소된 적이 있었다는 것이다. 그의 경험으로 인해 우리의 상황을 공감하였고, 진심으로 위로해 주었다.

우리의 생일이나 결혼기념일에 벙커버디는 틀림 없이 뭔가를 선물한다. 중요한 야구 경기나 골프 게 임이 방송한다고 할 때는? 벙커버디는 바로 당신 옆 에서 시청하면서 서로 다른 팀이나 선수를 응원하더 라도 바로 그곳에 함께 있다.

또 한 사람의 벙커버디 라데지Ladage 박사는 정기 적으로 우리 집을 방문하였다. 간단한 검사가 있은 후, 종종 남편과 골프 매치를 시청하곤 했다. 둘은 서 로 좋아하는 골프 선수가 달랐고, 각각 다른 선수의 우승을 응원했다.

벙커버디는 총알이 빗발치는 전투 중에도 당신의 두려운 마음 상태에 대해 들어주고 이해할 수 있는 누군가를 말한다. 이러한 친구들은 당신에게 용기를 준다. 그들은 전쟁에서 승리하거나 패배하거나 상관없이 당신 곁에 있다. 그들은 그저 의무감으로 함께 있는 것이 아니라 전쟁터의 군인이 되어 벙커 안에서 전투를 함께 하기로 자원한 것이다.

10

Fiction or Reality?—
The Remaining Choices

남은 선택

포기한 뭔가를
도울 친구들이
필요하다.

내게 벌어진 이런 일은 소설이나 비현실적인 이야기에나 등장해야 한다. 꿈이다, 아니 악몽이다. 현실일 리가 없다!

내 마음은 겨울 한복판의 깊은 연못에 빠져 얼어버렸다. 숨조차 쉴 수 없었고, 질식할 것같이 숨이 막혀 왔다. 내 혈관을 타고 흐르는 격렬한 고통을 아무도 이해할 수 없을 것만 같았다.

한때 남편에게 회복의 기회가 있다고 기대하게 했던 검사실이 감옥처럼 느껴졌다. 의사가 나즈막이 죽음이 임박했다고 선고했을 때 그곳은 더할 나위 없는 감옥이었다. 마침내 암이 이긴 것이다.

어떤 전투나 전쟁에서 이기고자 하는 기대는 인간의 본성이다. 패배는 전혀 기대하지 않았던 기습 공격이나 다름없었다. 위장한 적군인 암이 남편을 서서히 아주 빠르게 정복해 가고 있었다.

결국 옵션은 세 가지였다. 두 가지 옵션은 부작용이나 생존에 대한 보장이 전혀 없는 임상실험용 치료법이었고, 세 번째는 아무런 치료도 하지 않는 것이었다.

며칠 후, 라데지Ladage 박사는 친절하게 남편에게 조언했다.

"세 번째 옵션을 선택하세요."

우리의 경우, 결과는 필연적으로 모두 같았다. 어느 한 가지 옵션이라도 실제로 회복한다는 희망이 있다면, 그것을 선택했을 것이다. 의사의 정직한 직관으로 6개월이라는 귀한 시간이 남편에게 주어졌다.

  남편은 켄쿤Cancun 여행을 비롯하여 낚시와 골프
를 즐기기도 하고, 친구들, 아이들, 손자와 함께 잊지
못할 추억도 만들었다. 켄쿤 여행은 온 가족들이 함
께 했고, 모두 기뻐하며 즐겼으며, 특별한 추억이라
고 할 만큼 아름다운 시간이었다.

  한 번 더 말하자면, 이 시기에 우리가 가장 원하
고 필요했던 것은 '평범한 일상'이었다. 의사의 진단
을 무시하거나 부정하려는 것이 아니다. 우리의 초
점은 단지 '입원과 치료의 세계'에서 벗어나서 최대
한 가능한 대로 예전의 평범한 일상으로 돌아가자
는 것이었다.

  이 시기에 남편에게 가장 큰 기쁨은 친구들의 따
뜻한 배려였는데, 그것은 그들이 보낸 격려 카드였

다. 그들에게 남편이 얼마나 소중한 존재인지, 남편
이 베풀었던 헌신이 어떠한 것들인지, 그리고 함께
한 추억들이 얼마나 소중한지 카드에 써서 보내왔다.

이렇게 개인적인 기록은 남편을 행복하게 했다. 그
의 삶에서 친구들에게 영향을 준 소중한 기억 하나
하나를 담아내고 있었고, 그야말로 너무나 값진 것
이어서 헤아릴 수 없는 귀한 선물이 되었다.

남편은 감동과 동시에 겸허한 마음을 느꼈다. 종
종 잊고 지냈던 추억들을 언급하였고, 그 내용은 남
편이 추억 속으로 되돌아 갈 수 있는 기회를 제공하
였다. 남편은 자신에게 주어진 삶의 목적을 더욱 분
명하게 인식하게 되었다.

젊은 직장동료가 보낸 카드에는 남편 빌Bill은 아버
지가 아들을 대하듯이 자신에게 잘해 주었으며, 빌
이 없었다면 오늘날 자기가 없었다고 썼다. 남편은

이 카드를 받기 전에는 그 청년의 삶에 어떤 영향을 미쳤는지를 결코 알지 못했을 것이다.

친구들은 남편을 초대하여 몇 홀 정도 함께 골프를 즐기고 같이 점심식사를 하였다. 그에게 컴퓨터에 대한 자문을 구하면, 그는 문제를 순조롭게 해결하도록 가르쳐 주었다. 이러한 일 또한 그의 사기를 고양시켜주기에 충분했다. 그는 마치 달리는 말의 안장에 앉은 기분이었고, 친구들은 가능하면 남편이 오랫동안 말의 안장에 계속해서 머물 수 있도록 돕고자 했다.

교회의 주일학교 동료 교사들은 우리의 만류에도 불구하고, 일주일에 한 번씩 음식을 가져왔다. 우리는 음식이 필요하지 않았다. 사실 육체적으로 음식을 먹을 수도 없었고, 심리적으로 음식을 필요로 하지도 않았다.

하지만 우리에게는 다른 차원에서 음식이 필요했다. 선물한 음식마다 사랑과 배려와 돌봄을 상징하고 표현하고 있었기 때문이다. 그릇 안에 담긴 콩들은 백만 불짜리 기쁨을 선사했고, "당신을 위해 내가 곁에 있을 것이다"라고 메시지를 전하는 것만 같았다.

남편의 기력이 갈수록 쇠잔해지면서 초대하는 시간도 줄어들 수밖에 없었다. 골프 친구들은 골프장에 가기를 청하기보다는 집으로 와서 함께 골프 채널을 시청하였다.

남편의 증세가 점점 더 악화되면서 가족들은 그의 곁에 머물러 있었고, 내가 쉴 수 있는 시간을 제공하려고 애를 써 주었다. 이 시간은 그들이 남편과 함께하는 특별한 시간이기도 했다.

11

The Final
Farewell

마지막 인사

가족의 결정을
지지하는 것이
필요하다.

마지막 인사는 예상하지 않은 순간, 첫눈이 내리듯이 다가왔다. 아름답고 평안했으며, 남편의 침실은 거룩한 성전 같았다.

내 인생에서 가장 처참한 순간이 가장 심오한 순간이었다. 나는 비밀스러운 통과의례, 영적 신비의 목격자가 된 것 같았다. 사랑의 하나님이 초자연적인 평안으로 나를 감싸는 듯한 경이로운 체험이었다.

이제 혼자가 되었다. 31년 간의 결혼 생활을 지낸 나는 두려웠다. 게다가 그동안 미처 감지할 수 없었던 피로감으로 지쳐버렸다. 이 피로감은 뼛속 깊은 곳까지 고통스럽고 아프게 했다.

나의 목표는 최선을 다해 집에서 남편을 돌보는 것이었고, 성공적이었다고 느꼈으나 마치 결승선을 통과하자마자 곧장 고꾸라지는 마라톤 선수 같은 상태가 되고 말았다. 긴 뱀이 내 몸을 둘러싸면서 아주 꽉 조이기도 하고, 서서히 조이기도 하는 듯한 극도의 피로감이었다. 더구나 피곤에 지쳐있던 내 앞에 닥친 의무들은 산더미처럼 다가왔다.

장례식은 의도적으로 작은 규모로 치르기로 했다. 한시라도 방심할 수 없는 환자를 간병해야 해서 어쩔 수 없이 체력이 완전히 소진된 채 몇 달을 보내고 나서 준비할 장례식은 어떻게 해야 할지 모르는 큰 과제였다.

훗날 몇몇 친구들은 그의 죽음 이후 너무 빨리 장

레식을 했다고 실망의 목소리를 전했다. 그들은 직장동료들이나 친구들이 먼 거리를 달려와야 한다는 것을 감안했다면, 며칠이라도 연기해야 했다는 것이다.

하지만 장례 일정은 가족들이 이미 받아들인 결정이었다. 실제로 가족들은 조문객을 위해 장례식을 며칠 연기할 만큼 육체적으로나 정신적으로 힘이 남아있지 않았다. 누군가는 먼 지역에서 오는 지인들을 위한 길을 안내하고, 숙소를 고민하고, 그들을 위해 식사 준비를 해야 했을 것이다. 몇몇 친구들은 우리 가족의 사정을 이해했지만, 어떤 친구들은 그렇지 못했다.

나는 사람들에게 조화를 보내는 대신에 남편의 추억을 기리기 위해 자선단체에 기부할 후원금을 마련하자고 요청했다. 몇몇 사람들은 장례식장에 꽃이 부족했다고 하면서 낙심하기도 했다. 하지만 교회와 자선단체에게 수백 달러를 전할 수 있었다.

자애로운 후원은 사랑하는 사람의 추억을 지속하게 하는 실제적인 역할을 한다. 가족들은 2~4주가 지나서 단체들로부터 기부금을 특별한 일에 쓸 수 있었다는 감사의 인사를 받았다.

물론 어떤 가족들은 장례식이 진행되는 동안 진열된 많은 근조화환들을 보면서 위로를 받을 수도 있었을 것이다. 사랑하는 사람이 과거에 어떻게 살아왔는지, 혹은 어떤 사람으로 기억되는지를 언급하는 부고obituary를 신문에 광고하는 것을 기대했을지 모른다.

이제 친구들과 가족들은 일상적인 생활로 돌아갔

다. 이 시기에 상실은 사별자에게 가장 고통스러운 현실로 다가온다. 이 시기에 기억할 만한 선물은 치유에 효과적이다.

나는 지나치게 많은 돈을 장례비로 쓰기보다 무덤 곁에서 드리는 추모예배를 선택했다. 사람들은 장례식에 얼마만큼 비용을 들였는지가 고인과의 사랑이 얼마나 깊었는지 반영하는 것이라는 말을 하기도 했다. 의견들은 제각각이었고 다양해서 마지막 결정은 가족들의 몫이었다.

당신이 친구로서 해줄 수 있는 첫 번째 선물은 가족들의 결정을 지지하는 것이다. 그 다음에 즉시 필요한 것은 음식을 집으로 가져오는 것이다. 고기와 치즈를 쟁반에 담아오는 것도 실제적이다. 이것으로 샌드위치를 만든다면 사별자는 한 끼 식사를 해결할 수 있다. 과일 접시들도 요긴하게 쓰인다. 큰 접시에 담은 볶음밥을 두 개 준비하면, 하나는 즉시 먹을 수 있고, 다른 하나는 예비용으로 남겨 둘 수 있다. 이는 조문객이 모두 떠나고 난 후에 가족들의 저녁식사가 될 것이다. 이처럼 당신의 배려로 준비된 음식은 가족들에게 큰 도움이 된다.

　또한 감사할 만한 실용적인 물품은 플라스틱 접시들, 플라스틱 수저, 냅킨, 종이컵, 커피, 음료수 캔들이다. 이러한 물품들은 가족들과 손님들이 음식을 먹은 후 손쉽게 치우기에 편리하다.

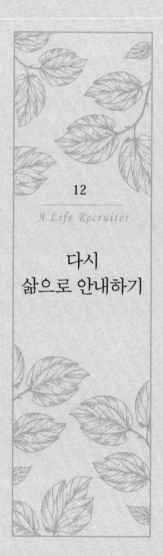

12

A Life Recruiter

다시
삶으로 안내하기

#Need

다시 삶으로
들어오게 하는
안내자가
필요하다.

다시 삶으로 안내하기

당신은 친구로서 삶의 안내자가 될 수 있다. 신병 모집관이 부대에 입대할 군인들을 모집하듯이 사별자를 다시 삶으로 들어오도록 격려할 수 있다. 상처를 받았을 때 한걸음 물러서는 것은 인간의 본능이다. 그들이 삶으로 재편입하기 위해서는 당신의 사랑과 격려가 필요하다.

사별 후 첫해는 몹시 힘들다. 이는 스스로 변화하고 적응해야 하는 슬픔의 시간이다. 이 시기에 카드 보내기, 격려 전화 그리고 초대는 사별자가 겪는 고통의 길이와 강도를 현저하게 차이나게 해준다. 전화 통화와 카드 메시지는 치유 효과가 있다. 또한 당신의 삶은 변함없이 바쁘게 지속되지만, 사별 애도자의 세계는 일시적으로 멈춘 상태라는 것을 기억해야 한다.

사별 후 몇 달 동안, 동생의 남편은 '빌의 추모 가든'이라고 부르는 화단을 만들었다. 화단 중심에 엔젤 버드베스angel birdbath2)를 세워 놓고, 서로 다른 천사 조각상들을 여러 꽃들과 담쟁이와 어울리게 잘 배치하였다. 이렇게 조성된 빌의 추모 가든은 가족 모두에게 마음의 치유를 안겨주었다.

일시적으로 멈춘 시간도 지나가고, 어느덧 남편의

---

2) 역주. 천사가 쟁반 같이 둥근 그릇을 안고 있는 석고상으로 정원 장식에 주로 쓰인다.

일주기 추도일을 맞이하는 것은 힘든 일이었다. 가족 중 아무도 기억하지 않는다면 어떡할 것인가 마음이 쓰이기도 했다. 달력에 추도일을 기록해 두었다가 일주기가 다가올 무렵에 가족에게 카드를 보내는 것도 좋은 방법이다.

상실 후 일 년을 보내는 사이, 배우자와 가족은 자동차 룸미러를 응시하는 것처럼 조심스레 과거를 회상하게 된다. 누군가 문득 지난날의 에피소드를 꺼내기도 한다.

"작년 이맘 때 우리는…."

두 해째 접어든다는 것은 마치 삶의 한 페이지에 올려놓은 백지를 바라보는 기분이다. 자동차의 전면 유리를 통해 앞만 바라보면서 운전하라고 강요하는 것만 같다.

사별의 슬픔과 관련된 책들은 생존을 위한 교재이

다. 현재 사별 애도자가 겪고 있는 여러 가지 증상이 '정상적'이라고 확인시켜 주기도 한다. (자신이 정상적이라고 느끼지 않기 때문이다.) 하지만 사별 경험은 개인마다 각각 달라서 사별 애도자의 요청에 따르는 것이 중요하다.

적극적인 돌봄은 애도 과정에 또 다시 필요한 도움이다. 행사가 있을 때 초대 메시지를 보내고, 사별자와 함께 행사장으로 가는 것도 좋다. 전화해서 이렇게 말하는 것은 어떨까?

"다섯 시에 집 앞으로 데리러 갈게. 캐주얼하게 잘 챙겨 입고 있어."

또는 좀 더 적극적으로 이렇게 말하면 어떨까?

"오늘 저녁에 식사할 음식을 좀 챙겨 갈게. 너희 집에서 같이 먹자. 여섯 시, 괜찮지?"

이처럼 당신의 상상력을 활용하라. 하지만 개인에

따라 민감하게 다가가야 한다. "싫다"라는 말을 기꺼이 들을 각오를 하라. 사랑하는 친구를 일상의 평범한 삶으로 재편입시키려면 창의적인 방법을 찾기 위해 당신의 눈과 귀를 지속적으로 열어 두면서 창의적인 방법을 찾아야 한다.

13

*"I Don't Know
What to Do!" Guide*

무엇을 해야 할지
모르겠어요!

친구들의
돌봄이
필요하다.

환자와 환자 가족을 위해 할 수 있는 일

1. 병원에서 돌아왔을 때 볼 수 있도록 집 앞에 활
   짝 핀 화분을 선물로 놓아 두기

2. 집의 출입문에 격려의 메모 쪽지 붙여 놓기

3. 집 앞에 배달된 신문이나 광고지 수거하기(집안
   에 사람이 없을 때)

4. 퇴원하여 집으로 돌아올 때 집 앞에 '집에 돌아
   온 것을 환영합니다'라는 글을 써서 붙여 놓기

5. 감사 카드 혹은 편지봉투에 우표를 붙여서 준비

해주기

6. 영감을 주는 책을 선물하거나 유쾌한 영화 DVD 를 선물하기

7. 화장지, 커피, 간단한 음식, 과자류 또는 각종 세 제(세탁용, 부엌용, 화장실용) 선물하기

8. 병원의 주차권을 구입해서 선물하기

9. 집에 아무도 없는 낮 시간 동안 애완동물에게 음식주기

10. 방과 후 아이들 돌보기

11. 병원에서 집으로 돌아왔을 때 먹을 수 있는 음 식을 주문하여 제때 배달하도록 하기

12. 병원보다 집으로 안부카드 보내기. 집으로 보내 는 것이 보다 빠르게 도착되며, 두 번의 즐거움 을 줄 수 있다. 집에서 카드를 받아 보고 읽을 수 있고, 격려 카드는 병원으로 가져가서 다시 한

번 읽는 기쁨이 있다. 병원으로 카드를 보내기
원한다면, 반송 주소를 집 주소로 쓰라. 그러면
환자가 혹시나 퇴원했을 때, 환자의 집으로 반송
될 것이다.

13. 휴일/기념일/축제일에 어울리는 장식품을 선물
하기 (이는 방을 밝게 하고 평범한 삶의 감각을 확인
하게 한다.)

14. 필요에 따라 병원을 오고가야 할 때 차량 봉사
하기

15. 수혈이 필요하다면 헌혈하기

16. 동기를 유발할 만한 그림을 방에 걸고 볼 수 있
도록 선물하기

17. 병원 치료 날짜를 잘 기록하고 확인하기에 적합
한 달력 선물하기

18. 신선한 향내 나는 방향제 선물하기

19. 입원 기간이 길어진다면, 꽃보다 화분을 선물하기 (시들어버린 꽃은 우울하게 한다.)

20. 기도 모임을 만들고, 가족들이 기도하고 있음을 알게 하기

21. 크리스마스 시즌이라면, 트리장식을 하거나 장식 철거 돕기

22. 병원에서 퇴원할 때 축하 케이크 준비하기

23. 환자 가족 혹은 환자를 위해 전신 마사지, 발 마사지, 손톱 손질을 위한 스케줄 잡아주기

24. 환자 가족 혹은 환자를 위해 미용실 기프트 카드 준비하기

25. 병원에 있는 동안, 음악을 들을 수 있도록 헤드폰이나 음악 시디 선물하기

26. 방문객이 기록을 남기도록 방명록 준비하기

27. 전화번호나 간단한 메모를 할 수 있는 작은 수

첩 준비하기 (가족들이 지니고 다닐 만한 크기의 수
첩이 필요하다.)

28. 의사의 지침을 기록하는 수첩 준비하기

29. 가족이 없는 동안, 집 안팎 화분에 물주기

30. 집안을 청소하는 일 대신하기

31. 환자가 집에서 도움이 필요할 때 호출 수단의
작은 벨 준비하기

32. 환자가 응급상황에서 울리도록 큰소리 나는 경
적 준비하기

33. 좋아하는 잡지 선물하기

34. 매일 우편물 수거 돕기

35. 휠체어 대여나 의료용품 구입 돕기

36. 간단히 즐길 수 있는 게임기 혹은 프로그램 제
공하기

37. 음료를 위한 빨대, 컵 혹은 양말 등 간단한 선물

제공하기

38. 가족들이 호텔이나 병원의 편의시설에서 잠을
자야 할 때 숙박비 제공하기

39. 간편한 운동복처럼 남녀 모두에게 실용적이고
편안함을 제공하는 선물하기

40. 한 번에 받는 큰 꽃다발보다 여러 번의 작은 꽃
다발 선물하기

41. 남성을 위한 화려한 색상의 편안한 옷 선물하기

42. 매력적인 잠옷 선물하기

43. 입원해 있는 동안 사용할 작은 크기의 세면용품
선물하기

44. 환자가 좋아하는 빵이나 쿠키, 사탕 선물하기

45. 침대 또는 TV 시청할 때 음식을 먹을 수 있는 쟁
반이나 받침을 선물하기

어울리지 않는 선물

1. 만일 예후가 불확실하다면, 운동장비나 운동용 품을 선물하는 것은 좋지 않다. 이는 환자와 환 자 가족 모두에게 절망감을 불러일으키게 한다.

2. 경우에 따라 다르지만, 부정적인 현실을 확인하 는 검사용 의료용품은 피하는 것이 좋다.

3. 우울하거나 낙심시키는 내용의 영화나 책, 잡지 피하기

4. 술. 거의 모든 치료제는 알콜과 함께 섭취할 수 없다.

5. 냄새가 지나치게 강한 향수나 로션, 세면도구 피 하기

6. 시스룩, 즉 속이 비치는 옷은 병원에서 사용하기 에 부적절하다.

7. 작은 크리스마스트리 혹은 스탠드 전구처럼 병원에서 전기를 사용해야 하는 장식품은 화재의 위험이 있어서 사용이 허락되지 않는다.

8. 담배

9. 지나치게 긴 시간 진행되는 행사 초대는 환자를 피로하게 만든다.

10. 너무 긴 전화 통화나 방문 피하기

14

Bee Statements

상처를 주는 말

상처를 주는
말은
반드시 피하라.

대부분 격려하고 위로하려는 말 중에 때때로 상처를 주는 말이 있다. 이러한 말은 마치 꿀벌 같아서 진심에서 우러나온 유익한 말이고 위협적일 리 없는 말이라고 해도 실제로 듣는 사람에게는 가슴을 쏘는 말이 될 수도 있다.

"그는 더 좋은 곳에 있어."

이는 사실이다. 하지만 상실은 고통스럽고 선택의 여지가 없는 현실이다. 가족들은 더 좋은 곳에 그가 있다고 해도 가족과 함께 있기를 원할 것이다.

"그는 좋은 곳에서 더 잘 지낼 거야."

이는 사실이다. 하지만 애도하는 사별 가족은 '더 잘 지내는 것'이란 가족과 함께 일상적인 삶을 살아가는 것이라고 생각한다.

"하나님께서 천국에 천사가 더 필요했나 봐."

하나님을 비난하는 말로 사별 가족을 위로하지 말아야 한다. 하나님이 그를 필요로 하는 것보다 가족에게 그가 더 필요하다.

"그(녀)가 갈 때가 된 것뿐이야"

이는 하나님을 비난하는 또 다른 방식의 위로이다.

"그가 그립지?"

진심이겠지만, 이는 당연한 말이다. 쓸데없는 말

이다.

"네가 대신 죽고 싶은 마음이지?"

무심코 하는 말이라도 이는 죄책감으로 이끌어
낸다.

"배우자를 상실하는 것이 상처가 된다면, 아이를
잃었다고 가정해 봐."

이 말은 상실의 가치를 떨어뜨린다.

"그도 고통당하는 것을 원하지 않았을 거야."

당연히 원하지 않는다. 하지만 지금 선택은 회복
하는 것이다.

"그 집에서 계속 살 거야?"

그렇다면 살아갈 집을 찾아 주기라도 하겠다는 것
인가?

"재혼할 생각하니?"
이는 상실의 가치를 떨어뜨리는 말이다.

애도의 기간에 갑작스러운 변화와 결정은 좋지 않
다. 그저 관심거리의 하나로 던지는 이사나 재혼에
관한 이야기는 혼란을 주거나 죄책감을 느끼게 하며
상실의 가치를 떨어뜨린다.

"차를 팔 생각은 있는 거니?"
싸게 사고 싶어서 묻는 것인가?

"그가 신던 신발 사이즈가 어떻게 되니?"

앞의 질문과 같은 유형의 질문이다.

고인이 생전에 소유했던 물건에 대해 질문하지 말아야 한다. 가족 나름대로 결정을 내리도록 내버려두는 것이 좋다. 이러한 종류의 상처가 되는 말이나 질문은 사별 애도자의 입장에 볼 때 질문자 자신의 유익을 챙기려는 태도로 보인다.

"그가 이렇게 갑작스럽게 죽다니!"
사별 가족에게 몇 달 동안은 그렇게 갑작스러운 일처럼 느껴지지 않는다.

"너의 마음을 바쁘게 하도록 다른 곳에 관심을 쏟아야 할 거야."
사별자의 마음을 모르고 하는 말이다.

15

Butterfly Words

나비 언어

용기를 주는
'나비 언어'가
필요하다.

상실에는 여러 가지 변모가 일어난다. 마치 유충이 고치를 잃어버린 것이라는 생각을 하지 못한 채 나비가 되어 날아가는 것처럼, 사별 애도자도 마찬가지로 상실에 대해 미처 생각하지 못한다. 이제 그들이 알게 된 삶은 결코 예전의 삶이 아니다. 다시는 '평범한 삶'을 살아가기 힘들 것이다.

나비가 고치를 벗고 나왔을 때와 같이 물기 가득한 슬픔에 젖은 날개를 접어야 하고, 슬픔에 적응하면서 문제를 해결해야 하는 시간이 다가온다. 실제로 갖가지 결정을 해야 하고, 신속하게 처리할 일들이 눈앞에 있다.

그러니 당신의 말들이 산들바람의 상승기류가 나비에게 불어오듯이 사별 애도자의 마음을 가볍게 일으켜 주어야 한다. 질문할 시간이 아니라 위로의 시간이다.

이런저런 치료 방법들을 시도했는지, 추천한 의사에게는 가 봤는지 등 쓸데없는 질문을 하지 말아야한다. 이러한 질문은 자칫하면 사별자가 부주의해서고인의 죽음을 불러온 듯한 인상을 준다.

때때로 당신은 사별자에게 무슨 말을 해야 할지모를 수 있다. 그렇다면 가족에게 그저 정직하게 말하면 된다.

"무슨 말씀을 드려야 할지 모르겠습니다."

당신의 전화 통화나 방문, 그 자체가 어떤 감동적인 말이나 문장보다 낫다. 곁에 있는 것이 어떤 말보다 힘이 되고, 한 번 안아주는 것이 어떤 것보다 큰 위로가 된다. 사별 가족에게는 교훈적인 말보다 옆에 있는 것이 가장 필요하다.

가장 좋은 말, 가장 위로가 되는 말은, "제가 당신을 위해 기도하고 있습니다"라고 하는 것이다. 그리고 말뿐이 아니라 실제로 기도해야 한다.

가족에게는 고인에 대한 좋은 말이나 좋은 추억을 나누는 것이 위로가 된다. 고인의 삶이 귀감이 되었다거나 고인을 잊지 못할 것이라는 말이 필요한 것이다.

이 시기에, 조금 더 시간이 지난 후에도 고인이 가족을 얼마나 자랑스럽게 여겼는지, 고인이 삶에서 보여준 성과가 얼마나 다른 사람들에게 긍정적인 영향을 주었는지 말하는 것도 좋다. 이는 깊은 슬픔 중에도 효과적인 애도이다.

특히 고인의 자녀에게는 아버지에 대한 추억을 지속적으로 이야기하는 것이 필요하다. 어린 마음에 감동을 주고 아버지를 자랑스러워할 이야기를 강조하는 것이 좋다. 아버지를 기억하기에 너무 어리다고 할지라도 고인을 기억하고 추억하도록 돕는 것이다.

마지막으로, 인내심을 가지고 사별자의 이야기에 귀 기울여야 한다. 막 고치에서 벗어나 날아오르는 나비처럼 앞으로 사별자에게 주어진 삶은 지금까지와는 달리 두려움과 불안함으로 다가오기 때문이다. '평범한 삶'은 유충이 고치에서 벗어나는 순간 영원히 돌아갈 수 없다.

16

Holidays—
No Ho-Ho-Ho

기념일

#Need

기념일에
민감할 필요가
있다.

16

—

기념일

명절과 기념일들이 다가올 때마다 비참하다. 어떤 기념일이라고 해도 마찬가지이다. 크리스마스에는 더욱 그렇다. 사별 애도자 역시 삶의 차창 밖을 바라보면서 앞을 향해 전진해 나아가야 하지만, 기념일을 맞이할 때마다 브레이크 페달에 발을 올리게 된다. 기념일은 사별자에게 룸미러를 바라보게 하는 날이다.

그렇지 않아도 사랑하는 사람을 떠올리게 하는 조건은 도처에 얼마든지 널려 있다. 그가 좋아한 장식품, 음악, 교회, 지역 주민을 위한 프로그램, 축하연 등. 심지어 새로운 크리스마스트리의 향기가 눈물을 흘리게 한다. 그해, 그날 있었던 일들을 떠올리면서 또 흐느낀다.

이제 발렌타인데이Valentine's Day에 어떤 꽃다발도 없고, 감동을 주는 카드를 주는 사람도 없다. 기뻐할 생일에 함께하는 외식도 없다. 생일이 홀로 늙어 가고 있다는 사실을 상기시켜줄 뿐이다.

생일이 다가올 때마다 등이 살짝 굽은 채 손잡고 거니는 회색 머리칼의 노부부를 물끄러미 주목하고 있는 나를 발견한다. 그들은 지금도 저렇게 사랑하고 있고, 같이 늙어 가고 있다는 것이 얼마나 좋은지 알아차리지 못할 것이다. 그들의 달콤한 모습에 또 눈물이 난다. 이는 그들을 향한 부러움의 눈물이면서 동시에 나도 가질 수 있었을 시간에 대한 회한의 눈물이기도 하다.

게다가 기념일에는 행복해 보여야 한다는 부담감, 가족과 친구들 앞에서 우울해 보이지 않으려는 의무감이 앞선다. 이는 잔치 자리에서 먹고 싶지 않은 소간 요리를 먹으며 맛있는 척하는 상황과 흡사하다.

사랑하는 사람을 잃고 나서 첫해를 맞이하는 기념일들은 힘들다. 바로 지난해에 함께했던 기념일의 기억과 감정들을 기억하며 쉽게 사로잡히기 때문이다.

내 친구 베티Bettye는 수간호사로 일했다. 그녀 남편은 여러 해 동안 해마다 발렌타인데이에 아내에게 장미꽃을 선물했다. 이는 아내에 대한 사랑의 표현이었으며 전통적인 이벤트였다.

남편을 잃고 나서 첫 발렌타인데이에 그녀는 응급실 근무를 서게 되었다. 병원에 들어서는 순간, 병원

근무자들과 환자들을 위해 배달된 장미꽃들을 보게
되었다. 그녀는 잠시 양해를 구하고 사무실 구석진
곳에서 눈물을 흘렸다.

그녀가 흘리는 슬픔의 눈물에 무감각한 동료는 꽃
을 받지 못한 탓에 서글퍼서 우는 것이라고 착각하
고는 이렇게 말했다.

"꽃 때문에 그러는 거야? 자, 여기 내꺼 가져!"

가족, 친구들 그리고 동료들은 특히 기념일에 더
민감해야 한다. 사별 애도자에게 카드 한 장 보내면
서 솔직하게 마음을 전하라.

이 시기가 네게 힘든 시간일 거야. 너를 위해 기도하
고 있어.

추수감사절은 우리가 감사해야 할 것들을 기억하는 시간이야. 나는 (메리)를 알았다는 것을 감사해.

부활절은 회복을 위한 시간이야. 너의 삶에서도 회복이 필요하다는 걸 알고 있어.

발렌타인데이는 사랑의 날이야. 부디 내가 친구인 너를 사랑하고 있다는 사실을 기억하기 바란다.

기념일에 사별 애도자를 초대하려면, 그(녀)가 초대에 흔쾌히 응할 것이라고 생각하지 말아야 한다. 진심으로 그(녀)가 오길 원한다면, 형식적인 초청에 머물지 말고, 그(녀)를 방문하여 함께 초대의 자리에 가는 것도 좋다. 당신의 진심어린 초대가 사별자를 초대에 응하게 만들 것이다. 거듭 말하지만, 사별자

가 집에서 나오지 않겠다고 한다면 그 감정을 존중
하고 상하게 하지 말아야 한다. 기념일에 전화를 걸
어서 이렇게 말하면 어떨까?

"네게 뭔가 해주고 싶은 일이 있는데…."

동생은 내게 교회 크리스마스트리 장식하는 일을
도와 달라고 요청했다. 내가 어떻게 싫다고 하겠는
가? 이미 나를 위해 많은 일을 도운 여동생이었다.
내가 교회에 도착했을 때, 교회는 웃음소리로 소란
스러웠다. 웃음은 행복 바이러스처럼 전염성이 있었
다. 몇 분이 채 지나지 않아서 내 기분이 좋아지는 것
을 느꼈다. 그리고 한 번 더 강조하자면, 당신이 제
안한 것을 사별자가 싫다고 하더라도 부디 상처받지
않기를 바란다.

나에게는 크리스마스 가족 여행이 상실과 애도에

효과적이었다. 멕시코 여행 날, 우리 가족은 아이들을 위한 선물을 예쁜 포장지로 포장했다. 빨간색은 남자아이들을 위해, 파란색은 여자아이들을 위해 준비했다.

크리스마스 아침, 우리는 호텔에 근무하는 직원들에게 그들의 아이들에 관해 물어보았다. 아이들의 성별을 확인한 후, 준비해온 아이들 선물을 그들에게 주었다. 예상하지 못했던 선물에 놀라고 기뻐하던 그들의 모습을 결코 잊을 수가 없다. 이 또한 내게 새로운 추억이 되었다.

당신도 기념일에 새로운 추억을 만드는 일에 동참할 수 있다. 이는 그렇게 큰 노력이 필요하지 않다.

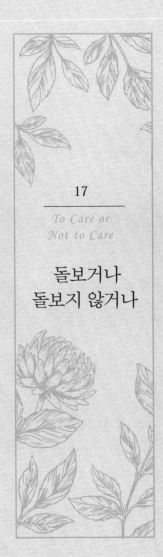

17

To Care or
Not to Care

돌보거나
돌보지 않거나

누군가를
돌보기로 결정할
필요가 있다.

누군가 당신을 돌보고 있다는 믿음은 용기를 북돋는 긍정적인 효과를 가져 온다고 확신한다.

당신은 친구이거나 가족으로서 선한 영향력을 주는 능력을 가지고 있다. 이는 헌신과 인내 그리고 이해가 필요하다. 그때 비로소 당신에게 요구되는 것보다 한걸음 더 나아가게 된다.

장례식이 있은 후, 나는 내가 보기에도 너무나 피곤해 보였다. 밝고 푸른 눈망울은 다크써클로 덮여 있었다. 그런데 여동생은 이렇게 말했다.

"내일은 우리가 피부 관리하고 마사지 받는 날이

야!"

순간 나는 사랑으로 돌보시는 예수님이 내 곁에 있는 듯한 경험을 했다. 이는 벅찬 감동으로 나를 압도하고도 남았다. 내 몸을 누이고 쉼을 얻었던 그날의 기억을 결코 잊을 수 없다. 이는 지칠 대로 지친 내 육체의 회복을 위한 여동생의 사랑 어린 선물이었다.

지치고 힘든 시기에 친절한 배려는 마음속 깊이 아로새겨진다. 당신이 할 수 있는 아주 작은 아이디어라도 결코 과소평가하지 말고 사용하기를 바란다. 하나님께서는 그 작은 아이디어조차 소중하게 사용하실 것이다. 그러니 행동하라!

가장 작은 행동일지라도 가장 큰 생각만 하고 아무것도 하지 않는 것보다 훨씬 의미 있다. 예를 들어, 빵이나 작은 케이크 한 조각을 선물하는 것이 말

뿐인 고급 레스토랑의 저녁식사보다 더 가치가 있
지 않겠는가.

    사회보장제도에 의지하여 살고 있는 나이든 홀여
인[3] 한 분이 내게 콩과 옥수수 빵을 가져왔다. 그녀
의 나이와 수입을 고려할 때, 그녀의 선물은 내가 받
았던 어떤 음식보다 더 큰 의미와 가치가 있었다. 그
녀는 내게 값진 교훈을 주었다. 그것은 어떤 상황이
든지 하나님께서는 사랑을 나누기 위해서 누구든지
사용하실 수 있다는 것이다.

    당신은 가족이나 친지, 친구들, 심지어 모르는 사
람들의 가슴속에 하나님의 사랑을 새길 수 있는 기

---

3) 역주. 영어의 widow라는 단어를 '과부'나 '미망인'이라는 표현 대
신에 '홀여인'이라는 단어로 번역한다.

회를 가지고 있다. 당신의 교회와 이웃을 둘러보라. 누가 하나님의 친절한 배려를 필요하다고 느끼고 있는가? 당신은 그다지 오랫동안 살펴볼 필요가 없으리라고 확신한다. 기억하라. 물어보지 말고 행동하라!

18

Down the Road

길 건너편의
이웃들

듣고, 사랑하고,
웃으며 관심을
표현하는 것이
필요하다.

사별한 지 2년 반이 지났다. 왜 이리 시간이 천천히 흐를까? 아니, 너무 빨리 시간이 흘러가는 것인가? 정신과 마음을 괴롭히는 하나의 역설, 회고와 계획을 위한 시간이 지나고 있었다.

곤바로 배운 것은 홀여인은 생활비가 더 든다는 사실이다. 집안 일이나 그밖에 해야 할 일을 처리하기 위해 훨씬 더 많은 비용이 지출되었다. 혼자 맞이한 첫해 여름에 새로 경험한 일들이다.

◆   잔디 깎는 기계의 타이어에 바람이 다 빠져버렸다.

◆ 뒷문의 잠금 장치가 잠기지 않는다.

◆ 부엌의 실링팬(천장에 단 선풍기)이 시끄러운 소
리를 내기 시작했다.

◆ 창고에 말벌들이 둥지를 틀었다. 나는 벌침 알러
지가 있었다.

◆ 뜨거운 물을 공급하는 보일러가 제대로 작동을
하지 않았다.

◆ 부엌의 수도꼭지가 샜다.

◆ 비바람이 몰아치면서 큰 나무의 가지가 부러져
마당에 파편들로 뒤덮였다.

◆ 말뚝으로 만든 담장의 미닫이문이 제대로 열리
지 않았다.

◆ 냉장고에서는 소음이 들렸다.

◆ 컴퓨터에 바이러스가 걸렸다.

◆ 2미터 길이의 방울뱀이 뒷마당 햇빛 아래 기지

개를 켜고 있었다.

두 번째 배운 것은, 가족은 내가 필요한 것을 즉각 도와달라고 할 만큼 가까이에 있지 않다는 사실이었다. 하지만 이웃들과 친구들이 그 빈자리를 채워주었다.

나의 두 자녀는 몇 시간 떨어진 거리에 살고 있었고, 아들은 밤샘이나 응급상황이 종종 일어나는 직업이었다. 게다가 그들은 자신의 자녀들을 돌봐야 하고, 교회에서 맡은 직분이 있어 늘 바쁘게 지낸다.

7월의 어느 날, 예기치 않은 폭풍우가 몰아쳤다. 불과 몇 분 사이에 뒷마당에 그늘과 아름다움을 선사하던 백 년 수령의 큰나무가 쓰러지고 말았다. 쓰러졌다는 말은 정확한 표현이 아니다. 그 큰나무가 갈라지고 찢어졌고, 토막토막 부러져 나가 떨어졌으며, 그나마 남아 있는 나뭇가지들은 기괴한 모습이었다. 나뭇가지들은 마치 부러진 다리처럼 각기 다른 방향으로 꺾여서 대롱대롱 매달려 있었다. 이는 폭풍우의 힘을 과시하려는 기념전적비 같았다.

그뿐이 아니었다. 집안에 필요한 도구들이나 야외용 파라솔과 의자들은 길가로 나동그라져 있었고, 현관문에 걸려 있던 꽃바구니도 어디론가 날아갔고, 화초들은 마구 내동댕이쳐졌으며, 화초가 뽑혀진 자리에 구멍들만이 꽃들의 흔적을 표시하고 있었다.

이렇게 황폐해진 광경을 바라보면서 믿을 수가 없었다. 가득 고인 눈물이 흘러내렸고, 어찌할 바를 모른 채 멍하니 같은 생각만 반복하고 있었다.

'어디서부터 무엇을 해야 하나?'

그런데 불과 몇 분 사이에 이웃들과 친구들이 전기톱과 나뭇가지 절삭공구를 가지고 달려왔다. 얼마간의 시간이 흐르자 불필요한 것들을 태운 잿더미가 하늘을 향했다. 나무의 몸통은 쉽게 처리할 수 없어서 트랙터 사용이 불가피했다.

또 며칠이 지나고 난 후, 문득 기계소리에 잠에서 깨어났다. 길 건너편에서 살고 있는 돈Don과 토미Tommy 형제가 찾아왔다. 토미는 녹색과 노란색으로 치장한 자신의 트랙터를 조종하면서 동생에게 나무의 몸통을 처리하라고 지시하고 있었다.

우리 집 마당의 거대한 나무는 트랙터로 조심스럽게 들어 올려졌고, 안전하게 제거되었다. 그렇지 않았으면 여러 사람이 온 힘을 다해 위험하게 통나무를 굴려야 했을 것이다.

이것으로 폭풍우가 쓸고 간 우리 집 마당의 황폐함은 복구되었다. 나의 이웃들이 내게 준 선물, 결코 기대하지 못했던 선물은 값을 헤아릴 수도 없이 귀한 것이었다.

    또 다른 축복! 조카 브랜든Branden이 전화를 했다. 그는 내게 해야 할 일의 목록을 준비하도록 요청했고, 그 다음주 토요일에 시간이 있다고 말해 주었다. 조카는 미리 약속한 대로 작업복을 입고 허리춤에 공구 벨트를 차고 문 앞에 서 있었다. 그날은 나를 위한 날임을 명백하게 전하고 있었다.

    나는 마음이 들뜨고 격양되었다. 조카는 체계적으로 내게 필요한 일의 목록을 따라 하나씩 지워 가면서 처리했다. 수리해야 할 많은 일들은 몇 분이 지나면서 간단한 도구에 의해 손쉽게 해결되었다.

    조카가 준 사랑의 선물은 돈이 아니라 그의 값진 재능과 시간을 필요로 한 것이었다. 일을 모두 마친 후, 어떠한 수고의 대가도 거절한 채 집을 떠났다.

세 번째 교훈이다. 어떤 친구는 애도 과정에 누군가를 내게 소개함으로써 나를 도울 수 있다고 생각한다. 이는 마치 애완견이 죽었을 때, 새로운 강아지를 얻으려는 것과도 같은 마음가짐이다. 비록 선한 의도를 가지고 있더라도, 이러한 행동은 사별자에게 죄책감을 느끼게 한다.

지난 32년 간의 결혼 생활이 끝났지만, 나는 여전히 결혼 생활을 하고 있는 것 같은 느낌이었다. 나는 애도 과정을 홀로 겪으며 나아가야 했고, 내가 치유되기 위해 시간이 필요했다.

배우자의 죽음은 마치 풀로 단단하게 붙여진 두 개의 널판지를 잡아당겨 떼어내야 하는 것과 같다. 조금이라도 실수하면 큰 상처가 생긴다. 홀아비나 홀여인에게 충분한 시간을 허락해야 한다. 그들이 새로운 '친구'를 사귀기 위해 준비가 되었다면 말할 것이다. 당신이 생각하는 그때가 옳다고 가정하지 말라.

  네 번째 교훈이다. 사람들이 잘못 생각하는 것이 있었다. 배우자나 가족 중 누군가를 잃어버린 이후에 비극은 끝나고, 가족은 일상의 삶으로 다시 돌아온다고 생각하는 것이다.

  이건 잘못된 생각이다. 가족은 결코 이전과 같을 수 없다. 대부분 친구들과 심지어 교회에서도 목회적인 돌봄이 필요한 때를 놓친 채 그저 이제 다 잊고 일상의 삶을 살아간다고 믿어버린다.

  다섯 번째 교훈이다. 이제 혼자라는 것, 그것만으로도 주류에서 빠져나온 느낌이다. 교회에 홀로 앉아 있으면 외로움이 더한다.

당신은 더 이상 주일에 활동하는 '부부 교실'에 어울리지 않는다. '싱글 교실'에는 아예 갈 생각조차 못하고 상상도 할 수 없다. 바로 지난주까지, 지난해까지 부부였고 배우자가 있는 상태였다! 그래서 '싱글'이라는 단어가 내게 어울린다고 생각하지 못하고, 더 외롭게 만들 뿐이다.

배우자의 죽음 이후, 교회는 홀아비나 홀여인들이 주일에 적절한 모임으로 함께할 수 있도록 하는 성실한 노력이 필요하다. 교회에 홀로 앉아 있을 그(그녀)를 인식해야 한다. 그러한 성도 옆에서 교제하는 것을 개인적인 사명으로 여겨도 좋다. 단지 격려의 말 한마디가 그들을 기분 좋게 할 수 있다.

여섯 번째 교훈이다. 흔히 시간이 지나니 좀 나아진다는 말을 한다. 하지만 다른 사람은 이해할 수 없는 단순한 자극에도 추억의 항로로 세차게 내몰려지고, 이내 주체할 수 없는 눈물을 흘리게 된다.

배우자와 함께 들었던 노래 한 곡에도, 화단에 활짝 핀 꽃을 발견할 때에도, 잊고 지냈던 추억을 떠올릴 때에도, 그밖에 여러 순간들마다 눈물의 수도꼭지를 틀게 만든다.

홀아비 혹은 홀여인이 된다는 것은 마치 과일나무 한 그루를 이식하는 것과 같다. 사람들은 이식된 나무가 잘 자라기 전까지 일정 기간 동안 새로운 환경에 대한 충격이 있을 것이라고 예상한다. 양육과 돌봄은 건강하게 생존해서 열매를 맺기 위한 핵심이다.

일곱 번째 교훈이다. 사별자는 주말과 기념일이 더욱 힘들다. 누구에게나 이러한 날에는 가족 간에 기쁜 시간을 나누고 추억의 에피소드가 만들어진다.

여덟 번째 교훈이다. 애완동물이 애도와 회복의 과정에서 귀한 역할을 한다. 나의 작은 강아지가 내게 위로와 동반의식, 무조건적 사랑, 그리고 밤에 안전함을 제공해 주는 것을 발견했다. 어떤 면에서, 강아지와 함께 있으면서, 나는 외로움을 느끼지 않는다.

아홉 번째 교훈이다. 카드 혹은 전화는 문자 그대로 약효가 있다. 잠언 16장 24절 "부드러운 말은 송이 꿀과 같아서 영혼에 달며 뼈를 치료한다"는 말씀보다 더 진실한 말이 있을까? 단순히 '너를 생각한다'는 의미가 담긴 카드는 육체적으로 정신적으로 치유를 제공하고 힘을 주며, 읽혀지고 또 읽혀지고, 또 읽혀진다.

열 번째 교훈이다. 사람들은 힘든 시기에 당신을

찾는다는 것이다. 당신이 직면했던 어려움은 이제 사람들을 돕는 도구가 된다. 당신은 어떻게 귀 기울여 들어야 하는지, 언제 응답하고, 언제 말하지 말아야 할지를 잘 알고 있다. 당신은 돌봄에 있어서 핵심적인 것이 무엇인지를 직감적으로 이해하고 있다.

삶이 다르듯 애도 과정도 다르다

　사랑하는 사람의 죽음은 남겨진 이들의 삶을 송두리째 바꾸어 놓는다. 사별자는 일상의 삶이 멈추어 있다는 생각이 들지만, 그 마음을 아는지 모르는지 일상의 모든 일들은 여전히 바쁘게 돌아가고 있다.

　사랑하는 사람의 죽음으로 인한 충격으로 무감각과 혼란 가운데 장례의 일정이 지나고 집에 돌아온 날, 그가 있었던 자리에 그가 없다는 사실에 갑자기 눈물이 핑 돈다. 어떤 때는 집에 들어서면서 그의 이름을 한 번 불러 본다. 집에 아무도 없을 때 그를 생각하며 한없이 펑펑 울어도 본다. 언제 끝이 날지도 모르는 깊은 애도의 여정 가운데 불확실한 마음으로 시간을 보내는 하루하루가 고통이다.

　어떤 친구는 '이만하면 됐다. 산 사람은 살아야 한다'고 말한다. 정말 이만하면 된 것일까? 그건 언제쯤 누가 결정하는 것일까? 또 다른 질문들을 떠올려 본다.

'언제쯤 다른 사람과 함께 흥겹게 웃을 수 있을까?'

'언제쯤 맛있게 밥을 먹을 수 있을까?'

'언제쯤 편안히 잠자리에 들 수 있을까?'

'언제쯤 사랑하는 사람의 기억을 잊을 수 있을까?'

시간이 지나면 좋아질 것이라고 믿으며 살아가지만, 시간이 해결해주지 않는 마음속의 감정들은 여전히 내 안에 꿈틀거린다. 사랑하는 사람의 기억을 떠올리는 주변의 많은 물건들, 장소들, 상황들로 인해 홀로 눈물 흘리게 되는 때도 많다. 아무도 이해할 수 없을 것 같은 혼자만의 슬픔에 잠 못 이루는 날도 많다. 감정들을 누르고 달래 가며 시간을 보내니 안정을 찾게 된다. 회복된 것일까?

연구에 의하면, 일반적으로 애도 기간은 1년이라고 한다. 이 만큼 시간이 흘러야 비로소 일상의 삶으로 돌아갈 수 있다는 말이다. 하지만 중요한 것은 일 년이라는 시간 동안 '애도의 작업을 충분히 했는가?'이다. 슬픔과 그리움의 마음 뿐 아니라 표현되지 못했던 다양한 감정들, 예를 들어 후회감, 죄책감, 수치감까지도 어떤 형식으로든 표현이 되어야 한다. 그렇지 않으면 그 감정은 언젠가 예상치 않았던 순간에 더 격렬하게 표출될 가능성이 많다.

그러니 애도의 기간에는 가족, 친구, 성직자, 상담사 등 신뢰할 만한 주변 사람들의 도움이 절실히 요청된다. 이 책에서 표현하고 있는 '벙커버디'들의 '나비언어'가 필요한 것이다. 물론 말로 하는 위로보다는 슬픔과 아픔의 현장에 함께 있는 것이 가장 큰 위로이다. 그곳에서 이야기를 들어주고, 지지하고, 기도하는 사람이 있다는 것은 위로이자 힘이다. 또한 말없이 필요한 것들을 채워주는 지혜도 사별자를 위로할 수 있는 좋은 방법이다.

때로는 위로를 주기 위해 건네는 말들이 상처가 되기도 한다. 그렇기 때문에 주변에 아픔과 슬픔을 겪고 있는 사람에게 도움과 위로를 주기 원하는 사람들이라면 적어도 이 세 가지를 기억했으면 한다.

첫째, 해결점을 제시하거나 충고하려 하지 말자.

사별자가 겪는 마음속 감정들을 있는 그대로 받아주는 것이 중요하다. 앞에서 끌어준다고 생각하지 말고 동반한다는 마음을 가져야 하며, 슬픔의 여정에 함께 있으면서 판단하거나 방향을 제시하지 않으면서 기다려주는 것이 필요하다.

둘째, 마음이 어떤지 물어보자.

사람들은 대개 자신의 감정을 표현하는 것뿐 아니라 다른 사람들의 감정을 묻는 일에 익숙하지 않다. 혹시나 상처를 주게 될까 염려하여 자세히 묻는 것을 피하게 될 수도 있다. 특별히 사별자에게 어떤 감정을 드러내게 하면 슬픔이 가중될 것이라 생각하기도 한다. 하지만 확신을 가지고, 진실과 돌봄의 마음으로 묻는다면, 사별자가 마음을 열고 감정을 표현할 수 있는 좋은 기회가 될 수도 있다.

셋째, 공감하고 경청하자.

상담의 성패는 어떻게 듣느냐에 달려있다고 본다. 일상생활에서 관찰해 보면 어떤 사람들은 듣기는 들어도 진정성이 없는 사람이 있다. 뭔가 물어보고 나서 막상 이야기를 시작하려고 하면 제대로 경청하지 않는 사람도 있다. 심지어 딴 생각을 하는 듯한 느낌이 드는 사람도 있다. 경청한다는 것은 온전히 동참하는 것이다. 귀와 온몸과 마음이 경청하는 일이다. 공감적 경청은 사별자의 마음을 여는 열쇠이다.

나는 종종 사별자가 겪는 애도의 과정을 '사랑하는 사람의 죽음의 의미와 내 삶의 의미를 찾아 떠나는 여정'이라고 말하곤 한다. 사랑하는 딸, 아들, 남편, 아내, 부모를 잃고 난 후 많은 사람들은 '왜 이런 일이 나에게 일어났는가?'에 대한 해답을 찾으려고 한다. 오랫동안 묻고 답을 찾기 위해 애를 써도 분명한 해답은 없다.

이 긴 여정 가운데 분명하게 들려오는 신적계시가 아니더라도 이 여정 끝에 서서 희미하게나마 크고 작은 삶의 의미를 발견하기도 하고, 사랑하는 사람의 죽음이 헛되이 되지 않기 위한 실천적 결단을 내리기도 한다. 상처 입은 치유자로 다른 사람들을 돕고 이야기를 들어주는 상담가가 되기도 하며, 아픈 이들을 위한 봉사의 일을 실천하기도 한다.

모든 사람은 자신만의 방식으로 애도 과정을 겪는다. 우리의 삶이 다르듯 죽음도 다르며, 슬픔도 다르다. 다른 사람과 비교할 필요도 없으며, 자신이 겪고 있는 애도 과정에 대한 확신이 필요하다. 그러기에 불안하고 두려운 마음 가운데 함께할 가족과 친구의 도움이 필요한 것이다. 동반자의 마음으로 함께하고, 잘 듣고, 공감하며, 판단하지 않고, 있는 그대로 받아 줄 그 누군가가 필요하다. 영혼의 사막 길에 마른 목을 축여줄 진실한 나눔이 필요하다. 이러한 누군가가 사별자의 애도 여정을 보다 안전하게 걸을 수 있도록 도와주며, 다시금 새로운 삶으로 걷도록 도울 것이라 믿는다.

옮긴이 윤득형

애도 수업

초판 1쇄 인쇄 | 2018년 4월 25일
초판 1쇄 발행 | 2018년 5월 4일

지은이 | 캐시 피터슨
옮긴이 | 윤득형
발행인 | 강영란

편집 | 김지혜
디자인 | 노영현
마케팅 및 경영지원 | 이진호

펴낸곳 | 도서출판 샘솟는기쁨
주소 | 서울시 충무로 3가 59-9 예림빌딩 402호
전화 | 경영지원부 (02)517-2045
팩스 | (02)517-5125(주문)
이메일 | atfeel@hanmail.net

출판등록 2006년 7월 18일
ISBN 978-89-98003-77-7(03190)

「이 도서의 국립중앙도서관 출판예정도서목록(CIP)은 서지정보유통
지원시스템 홈페이지(http://seoji.nl.go.kr)와 국가자료공동목록시스템
(http://www.nl.go.kr/kolisnet)에서 이용하실 수 있습니다. (CIP제어번호 : CIP2018012433)